懷仕——著

笑談餘 一個初

老大

目錄

實篇

一個初扰花笑談餘步

虛篇

幻篇

一個初老笑談餘生

很高興能夠在懷仕的第二本書參與撰寫推薦序，我們與幾個金齡圖書館（註1）的伙伴這幾年有一個「智囊團」的聚會，說是聚會其實是會議，會上談談服務運作及策略方向，又聊聊彼此的近況及生活變化。我十分珍惜有這個聚在一起，在大家身上學習的機會，並讓我近距離看到幾位初踏入人生下半場真實的「型老」心路歷程。

下半場不是一條平滑向下的曲線

一提起「老」人人都怕！理由是老有太多負面連結，正如過去提到傳統的人生觀點，會看到半圓形曲線，意指人生的高峰在成年並且隨年老退休之後身體及能力漸走下坡直到老去……。但在書中懷仕偏偏反其道而行，每一篇劈頭第一句就「人大了，應該說人老了」，或者只有不斷提醒自己「認老」才可以真誠地「迎老」。

這正好讓我聯想起外國學者提出新人生曲線的敍述，在成年後加入「NEW LIFE STAGE（新人生階段）」，鼓勵人們以不同方式重新構想自己想過的生活，更積極地迎向人生下半場，跳出傳統的框框。根據我近年觀察，這個歷程並不是一條平滑的曲線，或者更像山峰一樣時有上有落。如果用攀山訓練的語言，過程中其實要做「高度適應」，要讓自己有整理、選擇、準備、嘗試的空間，讓自己保持對生命的熱忱。

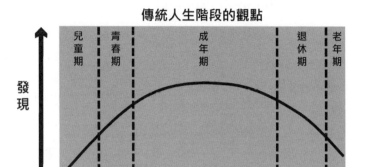

傳統人生階段的觀點

發現

兒童期　青春期　成年期　退休期　老年期

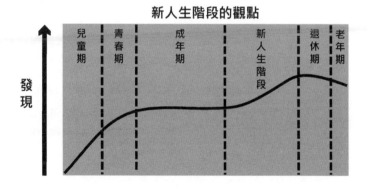

新人生階段的觀點

發現

兒童期　青春期　成年期　新人生階段　退休期　老年期

Happy 看 Problem

　　幾年來，懷仕最常問我：「你點睇眼前這個情況？接下來你會做些甚麼？」讀著這本書的當下，我更懂了。這兩句看似簡單的提問，不只是懷仕在幫助我整埋服務構思上的思緒，也是他人生走來如何迎向問題的態度及智慧。看到此書會發現，他以淺白而富幽默感的文字，仿似在自問自答，又像在自圓其說，有一些主題例如男人之痛及腰背痛，當中的心路歷程定必引起不少人的共鳴。看到懷仕花這麼多心思，從他生命中挖掘出這些重要故事，把這些經驗及想法整理出來實在難得。

　　在書中、在生活裏，我一次次感受到懷仕在同自己講，人生在世會出現問題或挑戰是理所當然。

　　能夠發現問題，就可以積極地選擇用自己相信的方法去應對才是最重要。面對 Problem Why no Happy？

有幸認識懷仕細聽他的分享。今年應剛好是他由職場轉場的第十年，他已經擁抱了「真人書」及「作家」兩個新身份，讓我十分敬佩！相信連他也意想不到會活出現在的樣貌。同時也對他未來的新嘗試充滿期待！

陳志強
服務發展主任
基督教香港信義會金齡薈

註 1：

金齡圖書館：「金齡圖書館」（Golden Library）是由一群來自不同職業背景的金齡人士（50 歲或以上人士）組成，與社企金齡薈帶領運作。透過到校真人圖書館活動，將金齡人士當成書籍提供出借，注重兩代之間人與人的交流，分享彼此想法，透過真誠溝通，看見各人背後的生涯故事。

自序

　　香港大瘟疫期間，坐困愁城，沒得外遊，能到最遠的只是二小時船程的外島，慶幸的是，這三年，處理了認定為沒法處理的健康困擾事，另一個，是知道可以處理，而久久治癒不好的健康事，沒法處理是脂肪瘤，久治不愈是腰酸痛。兩樁事，同一個結局，大瘟疫期間，遇上了有效治療方法，走上復康之路。悲喜交集，喜，並不單是困擾的事，有了解決的方法，而是自己如何，如何選擇這條路，寫了點文字與朋友分享，發覺自己寫的，重點不在健康困擾如何處理，而是為何能如此這般，就如此這般，寫了六十多段文字，說有關健康的事，今天把它輯錄成書，如果問瘟疫這三年，做了甚麼，應該是出了本書吧，不如這樣說，不能處理的健康處理了，能處理的健康事終於也能處理。

　　這六十多段的文字，我把他分成三個部份，實篇與虛篇，還有一個幻篇，顧名思義，實篇是寫實實在在病痛的事，虛篇則是似是而非的事，大家都這樣說的事，是虛事，只是變成另一種道聽途說之說，幻篇，則是虛妄的，是對未來的老，一種想像。內容的表達，嘗試採用口語化的形式，希望更為傳神。文字中，沒有具體時間與年份，寫的像古人說書那樣，那個瘟疫時候，那個嬰兒潮時，沒有留下光陰停止在那裏。這本《一個初老 笑談餘老》，想講人會老，人總會老的道理，同健康交手了，健康，好像離得好近，但是，又感到陌生。

這六十多篇拼湊小文，只是誇誇其談，幸得社企金齡薈陳志強先生賜序，從學術上給予說明初老的退休人士的心境與狀態，補償了小文雜亂之不足，讓讀者從論述中看得個究竟來，在此，特別鳴謝陳志強先生，在百忙之中，抽空賜教。

序次

早幾年，出了本書，《回頭晚報》，寫過去，幾年今天，又寫了這本《一個初老 笑談餘老》，是寫未來。由講自己過去，到講自己未來，那很好，好像把一生都寫完了。

記得四十歲左右，與朋友談論一話題，那一個年代的人最幸福，還記得當時，我說：我們這一代，戰後嬰兒潮這代人，最幸福。現在，重提此話題，能活到今天，已經被人叫「老人」行列，我發現，老還有幾個階段，我是初老，前面還有中老，老老，初老到老老然後到人生終點，可能有三十年之久，完全可以等量於謀生日子的長度，年輕時，對老，只是一個概念，今天，雖然初老，原來對未來的老，都是一個概念，還有對未來的老，只是想像。

當年我曾說，我們這代戰後嬰兒潮出生的，最幸福，童年時，物質匱乏，射波子，拍公仔紙，已經是幾個暑假的玩意，到中學，能夠擁有一個籃球，是一件非常愉快的事情，電器用品由無到有，住木屋，四兄弟姊妹一張床，到住徙置屋，同細弟同床，後來，一個人上格床，結婚之後，住進自己買的屋，每年都出外旅遊，還有長周末度假活動，兼時不時這個那個消遣，四十歲，升了職，以前，上級吩咐工作，現在，自己做決定，吩咐下面做，職場前面的路，光明更光明，誰會說不幸福！

今天初老的我，再來談幸福，現今社會，物質豐富到不可想像，用物質來做標準，豈不是，我的幸福論已經過時？我們先來談幸福這概念，幸福是隱含著一個比較過程而來的感覺，我們這代人，經歷由無到有，到好，到更好，與幸福相連，是另外一個概念，珍惜，相比現今家庭，早上給小孩一個玩具火車，下午已經是另外一件玩物，這一代人能夠領悟珍惜是甚麼一回事，恐怕，要他們中年吧！幸福，是家長感到小孩幸福，因為家長小時所缺乏。老一代經歷戰火，流離失所，離散與生死，他們珍惜的，是人與人的關係，老一代都老了，幸福，是能夠與親人，好好地齊齊整整地，生活下去，他們勞碌一生，沒有條件發展個人興趣，他們的晚年，只能寄託於親人的安排。

退休而步入老年這批初老、中老，是與香港高速發展中一齊發展的，我們這一代受惠於香港這波大發展，無論是文班武班出身，都深獲其利。加上世紀的科技通訊躍進，把以前十年才改變的小事，兩年就改變了，五十年大變的大事，十年就來個大翻新，手機，智能電話，我們上一代，大瘟疫期間，要用手機出出入入飯堂，做不到，讓他們受盡困擾。戰後嬰兒潮一代人，用上了電腦，也趕上了智能的尾班車，才能與世界互動。我們上一代，為生計忙碌，營營役役，能夠管好食與住的問題，已經算是不錯了，對我們這一代的教養，只能是管個大方向，加上兒女眾多，那就交給大的兒女去看管細的了，所以我們這代人，自小就自主地生活，無論讀書，或者職場，都是自主地成長。到老了，退休了，都有著自主的能力，去掌控與安排自己的老年。

這本書講健康，談老，也嘗試觸碰人生的尾場，聽來頗為沉重，全書本來，來來去去都是文字，幸得夫人相助，讓出五幅作品，作為插圖，有點在沙漠行中見一湖清泉的感覺，多謝夫人的送贈，唯美中不足之處，夫人的五幅白鶴圖，以不同色彩，劃出春夏秋冬四季，因為此書只是黑白印刷，相信加點想像，就能還原本來面貌。

　　最後，謹以此書祝福讀者朋友，身體健康。

一個初老笑談餘生

實篇

1

問自己是否健康

人大了，其實是說人老了，不期然，都會關心健康嘅事，都會問自己，健康嗎？覺得無病無痛，咪係健康？咪係囉，殊不知，其實肉體之外，仲有係精神嗰面。

難得獨處

疫情期間，好多事情，可以做的都變得不可以，不可以在運動場跑步，不可以聯群結隊地跑，不可以跑步後一大班人同枱食飯，還有許多不可以。那麼，就不做不可以，留在家中，做可以的。看手機，看電腦，看電視，看 YouTube，zoom，追劇。你發覺你知道好多世界上嘅事，同時，你更知道你朋友每天做乜事，然後，你開始知道你朋友中招，群組上，大家互相安慰，互相支持，慢慢，知道唔係一個單位中招，係好多個，你開始擔心，自己會中。然後，開始擔心，中咗，點去處理。

中招

一段時間後，有啲唔對勁，你會感到有啲嘢唔妥，群組好清靜，會懷疑係手機有問題，唔係，查實係健康問題，係心理健康問題。雖然每天都對住部手機，世界嘅事，好似都無乜感覺。雖然你無中招，已經有咗中招嘅病徵！越諗越驚，唔知驚乜，喺個死胡同裏邊轉來轉去。

你開始知道，要做啲嘢，咁落去，唔病都有病，你不可以在運動場跑，不等如你不能在街上跑，然後，一個人在街上跑，一個人在獅子山裏轉，你開始再次出一身汗，你開始再一次開心，開始不知道你朋友每天的事，這個不重要，你知道你重新快樂起來。

憂慮

人會憂慮，唔好負面咁去睇，查實係一個機制，乜講得咁騎呢！你睇下人有好多樣嘅情緒，譬如開心，反面就係擔心，驚恐等等，舉個例，行山行到好開心，行到一個危險位，風景好靚，你赫然會驚，因為係危險位，呢個時候，人嘅保護機制就出嚟，你驚，你會考慮唔向前，保護自己免受傷，你開心蓋過你驚，照向前走，受傷嘅機率就會高。咁樣講，人擔心係正常嘅，係你點樣處理擔心先至係重點。如果擔心好比係一個圍牆，你唔會翻越佢，你只會喺圍牆裏邊，氹氹轉，咁你咪安全囉。

遇上人好擔心好擔心，你安慰說，唔好咁擔心，不如你問佢一句，疫情期間，做咗乜。

2

健康的困擾

人大了，係老了，你唔搵佢，佢都會嚟搵你，佢係乜？咪係健康囉，我就唔同，健康問題，好早，廿幾歲仔，佢已經嚟敲門。

脂肪瘤

個名好嚇人，有個瘤字，廿歲仔時，我識呢三個字，係醫生同我講嘅，你身上嗰啲叫脂肪瘤，無得醫，唔使理，會大嘅，不過唔死得人，放心。十年，醫生講嘅嘢，無變，廿年，醫生都係咁講，三十年，睇政府醫生，都係一樣。個個醫生都咁話，唔使理，咁就疊埋心水，唔理，因為無得理，唔係唔想理，跟住睇醫生，都唔搭單問個瘡點搞，接受啦，一於與瘡同行。個瘡，人大佢又大，後生嗰陣，佢匿埋嚟生，喺手臂背後，我見佢唔到，人再大啲，佢好似知我唔介意佢存在咁，開始喺前手臂生，仲越生越大粒，搞到我天時熱都要著長袖衫。我無得可以點，我都唔知佢想點！

牙患

我感覺我有牙患，應該同發覺有瘤差唔多時間，都係廿歲仔，好記得打第二份工時，成個月糧，畀晒個樓上牙佬，佢唔係牙醫，日頭喺牙醫診所幫手，晚黑喺屋企幫人整牙，我記得上咗佢度有二三晚，幫我洗牙，成口沙，係牙石，我仲記得細個刷牙，只刷出面，所以牙無問題先怪。牙，其實一直都有問題，應該係唔識日常點處理，回憶有專門醫生長期跟住我哋

牙，喺到中年，一年洗牙三次，到成十幾年咁滯，都係個位牙醫大夫，睇住我棚牙。每次洗牙都好怕，過程唔舒服，唔使講，洗完牙，最難捱就係佢一句，都係同一句，啲牙又差咗喎！年復一年，差到點差都唔識講，佢係大夫，梗係信佢啦，心諗，有專家睇住，我可以點，無得點，因為我唔係專家。

一個係生瘡，唔好叫瘤，感覺會好啲，無醫生話有得醫，一個係牙病，有個大夫，叫做跟住，兩味嘢，與日俱增，增係增加病情個增，跟住我半世紀！

無得想點，好似要做嘅都做咗，有病睇醫生，咪係咁囉。原來係仲有啲乜，可以搞得掂，我兩味嘢，說來話長，有得搞！

3

金錢能買健康

人大了，應該說人老了，雖然過了花甲之年，沒甚麼大的健康問題，還未需要吃「糖果」，即係老友記話當糖食嘅啲三高之事，但總有些小毛病，出現在身邊，年初，我就買了一張床墊，是有功能嘅款，有匰位，係負電位功效嘅款。為乜？想買健康。

脂肪瘤

我廿幾歲人，手臂已經長了一粒粒，每逢感冒睇醫生，都搭單問醫生，係乜，醫生答案都好統一，叫做脂肪瘤，唔知點形成，無痛無癢，唔會死人，外觀不美，可以割除，不過會重生。人到中年，開始問中醫，中醫都投降。那麼，計劃就係與瘤共存，你不犯我，我不理你。個瘤都好識做，生喺手臂背後，但係，這幾年，佢與日俱增，又引起我注意，唯有想想辦法，偶遇張床墊，可能得，買個希望。

床墊

我手臂一粒粒，原來都係小兒科，都係發生係年初，那天打網球，換件衫之際，波友發覺我背後好多一粒粒，幫我拍照，我都嚇咗一跳。情況有點似大海龜背上佈滿一層層寄生貝殼一樣！一座座小型火山口嘅脂肪瘤在背上！眼下可以做的事，把希望寄託在我新買的床墊上。瞓咗半年有多，背脊火山變了平原，真係一天光晒，自己都唔相信張床墊係咁神奇！

「宣道」

　　由細到大喺茶樓同街邊，總見到啲阿公阿婆，拉住啲阿公阿婆，係咁喺度 sell 佢哋啲好嘢，我食咗呢樣嘢好掂呀，我買咗呢樣嘢，醫好我呀……我都唔知咩原因，好似啲阿公阿婆咁，開始「宣道」。朋友會問緣由，我用我有限嘅科學知識去解答，當我解唔通嘅時候，佢哋否定我嘅講法，否定嗰張床墊，否定我嘅效果，只認為係好彩。我開始攞住張說明書照讀，佢哋話無科學根據，全部否定。後來，我只講事前事後嘅變化，都唔 buy，因為我唔係醫生。

　　我想起我買這床墊之前，何常不是要衝破自己心理關口，正所謂行走江湖幾十年，一來怕買錯嘢，係怕畀人呃，最慘係畀人笑咁老都畀人呃倒。安慰自己，佢哋緣分未到，善哉，善哉！金錢能買健康，是有前設㗎。

4
相信醫生

人大了，想話人老了，總有啲嘢，就係死硬頸，就係從單一個方向睇，明明有條活路，都係咁一直轉，轉入個死胡同，好彩係未叫無得搵嗰隻，仲有得救，不過，已經傷咗個元氣。

熱氣

熱氣，我諗，廣東人特別明白，簡直血液骨頭裏都流著涼茶，就係涼茶，佢嘅對應方就係熱氣，但凡覺得熱氣，街頭街尾總有個涼茶鋪，廿四味呀，菊花茶呀，林林總總，算係廣東人一大文化，估計納入涼茶嘅名目，都有十幾款。牙痛，講得具體啲，係牙肉痛，我嘅智慧，馬上知道係熱氣，當然飲涼茶，飲咗，好似好啲，又感覺未好晒，時好時差。我係信中醫嘅，咪去搵中醫囉，老中醫話，你牙肉紅腫好犀利，搵個牙醫睇下好啲喎，我話一年中都有兩次，有洗牙。幫襯個牙醫大夫都有十年咁滯，佢話，係呀，牙肉紅呀，清理唔乾淨，洗牙洗多啲啦，三個月一次。正所謂，我有牙醫幫我把關，有中醫幫我處理熱氣，仲可以做啲乜？四季咁樣過去，洗牙，煲清熱茶，好似例行公事咁，結果係，牙痛，牙肉痛，無寸進。

更上一層樓

以前，行山跑步，閒閒地，跑一兩個鐘唔係問題，今日，做半粒鐘，已經謝晒。有次經過條街，見到門面間中藥藥舖好掂咁，走入去，問下有無乜嘢可以幫我調理，條氣唔順。個老細話可以食鹿茸，睇完我條脷，話我條脷胎成吋厚，個人好濕，先去濕，要啲濕處理好，先得嚟食補品，咁就先去濕啦，攞咗成個禮拜藥，下個禮拜再嚟。真係好搞笑，我前後去咗四次，成個月，都話未得，仲係好濕，睇到間藥舖搬咗，後尾都唔去囉，鹿茸最終無食到。有次去做針灸，唔記得咗係邊度有問題要去針，個針醫師見到我，個記憶好深，佢都無問我，淨係講咗句，嘩，你好謝噃，咁就揸主意，幫我落針，走嗰時，好似話係，幫我起死回生嗰。

牙痛，牙肉痛，熱氣，氣短，人濕，無神，意志消沉，年復一年，變成常態。

5

追逐健康

人大了，應該說是人老了，多少有些健康問題，知道要處理而一直都沒有，其實處理嘅方案已經擺了上台，錢都不是問題，正所謂金錢能解決嘅問題都唔係問題，等乜？自己都唔知怕甚麼，係心魔。

牙醫朋友

牙專已經為我粗心我哋牙有七八年，我已經當咗佢係朋友，幫我做咗個牙托，靠兩個勾，每邊勾住一隻牙，朝行晚拆，總算食得到嘢又見得到人，下顎前面五隻，牙托做得相當好，鬆得嚟唔太緊，緊得嚟唔太鬆。佢千叮萬囑，要好好保護前面最左面單丁一隻牙，呢隻牙無咗，等如無咗個勾，牙托就掛唔到。佢建議，早啲植牙，點都算係個小手術，趁身體健康，早做早用，反正你單丁隻牙無咗都係風險，提咗五六年，都係等下先。

殺到埋身

後來知道等乜，係等啲嘢殺到埋身。個活動牙托最後都係跌甩咗個膊，走去問牙專，佢強力建議植牙，佢話，要成個月嗰五隻牙個窿無得帶牙托，趁疫情期間，人人都帶口罩，最佳時機，真係時辰到，避都避唔到，就係咁，決定植牙。

其實一早就要行呢步，拖下拖下，拖咗五六年，牙托無論點講都係做得好好，但係始終食嘢嘅時候，你感覺佢唔係身體一部份，食得無咁爽，就係咁，前前後後，疫情期間，六七個月，見牙專朋友多過見朋友，植咗牙，了咗幾十年嘅困擾。

甩牙其實有原因

查實植咗牙，不知幾開心，以前朝行晚拆，而家，有個梗房，雖然嗰五隻牙唔係你親生，奇怪的是，用咗無幾耐，你覺得五兄弟係你嘅骨肉咁樣，係有感覺嘅，真係食乜都有食乜嘅感覺，當然食燒肉都可以。講起燒肉，都係轉咗個牙醫之前嘅事，果陣時，啲牙差到好差，一直逃避轉牙醫，一面就擔心日後無晒啲牙，唔知點算，有一日搭枱飲茶，隔離大叔叫咗碟燒肉飯，食到確確聲，羨慕死我，佢啲牙咁掂。點知佢飯後洗牙，係成棚牙咁洗，係成棚牙擺喺隻杯度嚟洗，我頓悟，最差都係咁，個心舒服晒。

當然，牙嘅問題，自己要負最大嘅責任，但係，喺呢個漫長嘅困擾過程，曾經有人提過：「搵多個醫生，攞意見。」當牙專問我：「有無醫生一直跟住」，我話有。我明白了。

6

植牙

人大了，其實係老了，都會記得有啲嘢，自己做咗好正確嘅決定，再諗深啲，會問自己，點解唔早啲做，俗語都話，早知無乞兒。

植牙

係，決定去植牙，跟住個牙醫大夫，或者咁講，牙醫大夫跟住我，都係以年代計，人與人要停止交往，有時都好正常，我同牙醫大夫講，我想植牙，牙醫大夫唔係呢個專項，佢都無得唔話好。決定去植牙，我啲牙已經係差到搖搖欲墜，都有十隻八隻，亭亭玉立嘅，食嘢已經變咗食西餐嘅文化，即係刀叉，切成細細塊。牙醫大夫有樣嘢未畀我，我話熱氣影響牙肉痛，佢話有條方唔啱牙肉痛，無收過，臨尾同佢見面話別嗰次，話去植牙，佢同我講，李生，你其實係有牙周病㗎。其實，點解想去植牙，都係有朋友植咗牙，話好得，隻植牙，好似係自己生嘅感覺，正所謂，見到個希望，咪去試下囉。

牙周病

見到個植牙醫生，幫我做咗啲必要檢查，李生，你有牙周病喎，你同姑娘約見我哋醫務所嘅牙周病專家啦，下，乜咁煩㗎！牙周病專家係牙周病博士，佢幫我科普咗乜嘢係牙周病，點形成，然後要點處理，搞到我都似專家咁。李生，叫得病，就有得醫，醫番好，先植得牙。明白，正所謂，牙出問題到牙周病，

唔係一朝一夕嘅事，畀啲心機，要用時間，先得嚟處理，嗰啲搖搖欲墜嘅，無得救，所以，第一個動作，係剝牙，前前後後，由春到秋，又到春，叫做第一階段，病好咗啦，後面，就係睇下佢會唔會復發，一年三次，觀察再治理，後尾，一年兩次，都係觀察同治理，叫做穩定咗啦。呢三年，口有個大咕窿，牙專一開始就幫我做咗個臨時牙托，三個年頭到，牙專問，可以植牙啦，我問，有乜揀？唔植牙，可以做個牙托，我唔想植牙！無問題，牙托都係掂嘅。好奇怪，三年前，行入呢間醫務所，話要植牙，三年後，又唔植，因為係驚，唔敢植。每次去探牙專，佢都送隻牙刷畀我，諗落都汗顏，佢每次都話我刷得唔啱，教我刷牙，真係做人做咗幾十年，連刷牙都唔啱，甩牙其實有原因。

　　牙痛，牙肉痛，熱氣，氣短，人濕，無神，意志消沉，無晒！

7

男人之痛

人大了，其實係想說人老了，身邊啲人，特別會提你，注意你嘅身體健康，最熱門嘅事，做身體檢查，係催促你，去做健康檢查。

家常便飯

緊張你做身體檢查，多少都會提議做呢個或係嗰個檢查，我有恃無恐，恃著一路都有運動，又無三高，身體檢查，一般都係拖得就拖，五年一次，又過咗六張，無得再拖唔去做，最後被安排，去做了身體檢查，還加了些項目，都忘了是甚麼套餐，就係基本加一啲男人嘅專項。我一直當佢係家常便飯，安排乜嘢套餐，無有怕，今次只係當佢小菜一碟，加點辣椒之嘛。點知，結果 hit 正男人最痛之處，女人專有乳房，男人專有前列腺，咪係男人之痛囉。

李生，身體檢查，照到你前列腺漲大，好似幾嚴重噃，建議你搵個專科跟進，檢查報告成個月先出嚟，聽日你先來攞個副本。駐場檢查醫生好緊張喺電話咁同我講，搞到我都緊張起來，我嘅緊張，唔止係醫生嘅說話，而係我聯想起我自己嘅情況，半年前，開始注意到，人有三急時，俗啲講，放水嘅面貌，似我去過九寨溝最頂個風景區個名，叫滴水崖。第二日馬上攞咗個副本，見埋個泌尿科醫生。

PSA

　　見泌尿科醫生，當然唔會淨係睇檢查報告，應該咁講，唔會信晒報告所講，佢都有一套檢查嘅法門，呢度唔好詳細講啦，畀有機會試嘅朋友，自己去歷奇一下啦。李生，報告寫你個前列腺漲大，其實，我哋專科，你未見過前列腺漲大係乜，你都係小兒科啫，而家落唔到決定，驗埋 PSA 先講。感覺醫生好專業，按事實，講道理。

　　PSA 係乜，我都係睇完醫生先知，簡單講，PSA 指數係表示前列腺癌嘅指數，係 4 嘅話就係無事，5 到 9 就係有機會中招。要驗血先得嚟知 PSA 係幾多。醫生話，落唔到決定，係指我個 case 係唔係癌，係未知。

　　見完醫生，擺喺面前，係一個未知數，條路係點，正所謂，諗多無謂，診所附近，有出名嘅菠蘿包，較啱時間睇醫生，啱啱好下午茶時間，奶茶，來個菠蘿油。

8

男人之痛・問專家

人大了，係講人老了，總係有啲大鑊嘢，係要你面對，雖然做人做咗幾十年，都有啲法寶，但係，有啲突如其來嘅嘢，係健康嘅事情，唔係你嗰科，又要你做決定，會點，會點搞？

邏輯

上中學，都有學數學邏輯，A=B，B=C，A=C，A 係 PSA 指數，B 係大過 4 嘅數字，C 係大過 4 係癌症，我嘅 PSA 係 9，係大過 4，咁我咪係有癌囉。係，驗完血，第二日，姑娘打來，李生，你測出來係 9，明天 11 點醫生有時間，好，一於問醫生。決定問醫生，問啲乜？上網了解下呢味癌係乜，然後，決定，點問，問啲乜。

泌尿科醫生係名醫，係朋友介紹，話有醫生話有事都搵佢做手術，絕對信得過。名醫話，兩個方案。

第一方案，抽針，喺會陰嗰度，抽針入前列腺度，要抽 12 支針，攞足夠樣本，會準好多，睇下係唔係癌。

第二方案，乜都唔做，三個月番嚟再驗，高過 4，抽針驗。

醫生好專業，點都要搵個結果出嚟，仲未可以話係癌，求真嘅態度好強，兩個方案都係要抽針。

前列腺癌

原來前列腺癌係香港男人三大癌之一，前列腺癌，發展相當慢，有啲人連上咗天堂，如果無去驗，可能死咗都唔知自己有中招，就算中咗前列腺癌，生存日子係以年計，十年甚至廿年都有可能，有時，係其他癌症先攞你命。前列腺癌嘅症狀，小便困難，緩慢不順暢，帶血，下背痛，盆骨和股部疼痛。但係呢啲症狀，唔一定係同前列腺癌有直接關係，可能同其他疾病有關，所以驗 PSA 都係有一個方向性嘅指示，驗得 PSA 係 4 以上，就有 ¼ 機會中招，講咗咁多，仲未有確切係唔係中招，有，就係抽針，抽啲組織嚟驗，唔係抽一支，係抽十二針，醫生專家強調，多攞樣本，較準確啲嘛。

網上嘅資料，我攞嚟問醫生，可能問得好多方面，畀佢感覺我好驚。臨走，佢安慰我，咁話。

1. 車，PSA9，小兒科，我見過 PSA 係 5 萬，我怕我聽錯，我問多一次，係 5 萬。佢話 PSA20 確定為癌，50 則癌已擴散。

2. 唔好咁驚青，你乜都唔做，兩年後見我，情況都差唔多。

等畀錢走，姑娘同幾個人講，如何準備入院抽針，睇嚟，醫生做手術都幾多，幾拿手。

9

男人之痛・扮專家

人大了，係講人老了，正所謂做人做咗幾十年，都有啲法寶，唔係邊有料，令自己走到今天，對健康嘅事情，唔多唔少，都會知啲啲，都會扮專家，以為自己係醫生。

扮醫生

同泌尿科醫生見咗面，最後安慰我嗰兩句，如果兩年都無做任何嘢，番嚟見我，個情況都差唔多。醫生呢個觀點，喺我嗰兩日高度網絡上係咁查，都係咁樣講。今次我要扮專家，係扮醫生，風險相當高，事關個對象係我自己，我幫我自己診症，係前列腺呢劑嘢。今次驗到 PSA 係 9，如果跟專科醫生嘅概念，就係要查出係唔係癌，咁就要抽針，成個抽針過程，我覺得同呢個癌唔對稱，抽針呢個步驟都唔簡單，係一個好大陣仗嘅嘢，簡單講，同呢個癌嘅惡化情況唔對稱。

如果唔理，乜都唔做，又好似唔多點妥當，始終都話有四份之一機會係嗰味，真係難。

識人

諗下諗下，咦，我咪係俾負電位，幫我慢慢搞掂全身嘅脂肪瘤，咁樣，不如研究下呢個方向啦。正所謂，遇事有得問，重要係識人，賣負電位嗰個上線朋友，問佢男人之痛，負電位有無得頂，佢打鑼去問，

果然，有個朋友嘅大佬，年過七十，尿頻咗幾年，睇咗公家醫生，已經排期做手術，係切除前列腺嗰味，點知啲病友話佢遇正係個「殺手醫生」，即係點情況都開刀嗰隻。佢驚到問細妹借幾萬，去搵個私家抽針，細妹先得嚟知道佢大佬，原來咁大劑，佢痾血尿，小便頻繁到出唔到街，咪畀張床墊佢試下囉，點知，佢大佬用咗張床墊無幾耐，尿頻情況大大改善，後尾去見醫生，係私家嗰位，見佢咁大嘅變化，話都唔使做手術都得，而家佢大佬睇嚟正正常常，人都生猛晒，出街梗係無問題啦。

係睇數據

聽到呢單嘢，超級開心，似喺黑暗隧道見到一點光一樣，咁樣，下一步點？之後再喺網絡查一查負電位對前列腺癌有乜嘢講，無話對前列腺癌有效，但說明書話「改善前列腺障礙」，用家都分享，都話對尿頻有改善。資料就係咁多，點睇？

西醫有上千年嘅歷史，講嘅係數據，呢個科技，其實係講佢背後嘅根據，係負電位，負電位點樣幫助身體，我唔識講，但數據係有幫助嘅，呢個產品只得幾年歷史，自然數據就少。西醫論臨床試驗，而家負電位啲用家實証都幾好，咪都係臨床試驗囉，話有改變前列腺障礙，只係數據庫仲係細，同埋佢哋唔係用呢個角度去賣嘢啫，唔表示唔得囉。

你話你個身體邊個最清楚？醫生嗎？醫生係對個病症最清楚，佢問你咁多，都係問個病症同症狀。最清楚，係我。

10

男人之痛・還痛嗎

人大了，知道自己老咗，都會有老咗嘅病嚟拍門，門要開，起碼你要知係乜病，然後，見招拆招，唔開門，得個估字，好煩，可能，門遲早都要開。

前列腺

呢味嘢，終於拍門，開咗度門，PSA 係 9，即係有機會係癌，有癌，即係絕症，絕症無得醫，會死，一路咁拆落去，得個死字。兜咗個大圈，先發覺，拆嘅過程，有啲重要嘢漏咗，一開頭嗰句係有機會兩個字，第二句無咗機會兩個字，咁就會跌咗落去個胡同度，係死胡同。我有個習慣，好敏感個身體，有個症狀走出嚟，我會思考，問點解，點解會係咁。我相信科技，係負電位嗰張，嘗試去治療 PSA9，當然，時間係必須，即係話要畀啲耐性，但係，我就開行我個身體敏感掣，觀察身體嘅變化。兩個星期，開始啦，先前咪話嗰個風景，滴水崖，咦，風景轉咗，係涓涓流水，呢個係一個好重要嘅信息，下面就自己畀啲心機，勤啲去曬負電位，同時決定半年後，會戰 PSA。

收成

　　試咗兩三個月，時而涓涓流水，時而急流猛進，感覺到，明天會好過今天，咪住先，感覺係講過去，用明天唔啱嘞，係，我係想講嗰個信心，超級膨脹，用曲筆去寫啫。時間再往後推，感到年輕番，呢個年輕番，老人家有啲唔好意思直接講，你明白唔明白，你自己去捕捉啦，個貼士就係，張床墊話改善前列腺障礙，係無錯，做到。時間再推前到七個月，是時間同 PSA 嚟個會戰啦，無錯，PSA 係 6.18。結果係未落到 4 嘞，仲有機會係癌嘞，無錯，我哋行緊條路，其實，無資料話係啱，所以，條路係要確定係唔係啱，我用拐來簡單說明，係拐點，6.18 比 9 是向下，這就是拐點，是向改善的方向行，下面，就是放界時間來處理了。九個月之後，再會戰 PSA，然後，看看專科，總之，是長期監察，長期作戰。

　　李生，你驗嘅指數好高喎，建議你搵個專科，跟進好啲喎！電話中化驗所醫生打來，我問，數字幾多，我聽了，心裏笑了，不用捱一刀。

11

三次機會

人大了，老了，都試過腰痛啩，又唔係好大問題，都會諗另類嘅治療，有人介紹，好似有啲信心，其實，去定唔去，難，咁如果去，又去到幾盡。

腰痛

腰痛，我諗好多人都俾呢味嘢困擾過，我都有，前後三年，想盡辦法，即係所謂正統嘅方法，試過晒，失望。我條腰開始有啲唔妥，未去到痛嘅感覺，就係行走都唔老黎咁。於是，開始了我一直都唔太喜歡的事，按摩。到附近一家老牌的按摩店，一號員工是頂級按摩師，試咗半年，唔夠火喉，於是北上，在深圳搵咗個湖北的肥仔哥，佢話係穴位按摩，咁咪疊埋心水，諗住每個月北上一次，按下摩，食下嘢，行下深圳。查實，按完都得嚟舒服成個禮拜，咁咪咁行落去啦，點知香港遇上瘟疫，封關，享受咗兩三個月，就收皮。腰酸嘅感覺上身後，一直好困擾，拜別肥仔哥之後，大路的治理如針灸、拔罐、伸展拉筋一一都試了，無乜效果，然後，問朋友，都係返番去按摩呢條路，心靈就託付畀另一家穴位推拿，正是無可奈何之下，有嘢揸手，好過無。腰酸讓你行動不太自如，行山、跑步已經變得有心無力，係無嗰份心情。心情與當其時疫情一樣，差。

另類治療

偶爾聽聞有整骨之事，何不一試？師傅檢查過後，話我有長短腳，然後是一輪霹拍，腳終於一樣長了，做了幾回整骨，腰都係咁樣，酸痛無減。又遇上一種另類治療，我有困難去講係邊類嘅治療，佢係用西方的理論，但有啲似中醫的經絡，我係無能力用文字去形容佢套嘢，嗰神奇位就係，個治理核心就係要搵出邊度出事，令到某條神經線（經絡）短暫失去記憶，從而搵出身體出問題的地方，佢就把問題位置話畀個副手，副手係運動矯正教練，呢個教練就專門按我腰嘅問題，設計出一套伸展動作，畀我返屋企做，可惜，腰還是那個模樣。呢幾款另類嘢，我有相當嘅警惕性，試三次，無拐點，即係無轉好嘅感覺，斬纜。正所謂，問題最怕有心人，我放開懷抱，話啱都去試。

終於，會一會了整脊理療，個名好似整骨，有分別，係兩個門派，佢摸摸我條腰，話 L4/5 移咗位，當然，講多無用，醫好至得，佢幫我復位，再去多一次，師傅話唔使再睇，三年嘅困擾，皆大歡喜。

12

問腰傷

人大了，應該話係老了，都有傷患，會話，人大咗，老咗，有傷，都正常，人大咗，機械壞，好似呢個係一個邏輯，好似，好多人都咁講，特別係老人。

腰患

我有腰患，三年咁耐，雖不至於係痛，係腰酸，已經使我情緒有影響，後尾，遇到個師傅，查出我腰骨 L4/5 位置移咗位，幫我復位，先得嚟一天光晒。我個人至鍾意問點解，老咗會有傷患呢個邏輯我唔接受，一定係我做咗乜，係做錯咗乜，先係原因，能夠知道原由，一來係避免再次腰傷，二來解答我嘅問題。我喺尋醫嘅過程，睇過類似脊醫嘅物理治療，佢又有啲中醫嘅經絡，我理解佢搵個痛源，係從人嘅活動習慣出發，為因人總會用錯力，久而久之，有啲肌腱唔應該用力用咗力，又可以叫借力，變成嗰啲位置出問題，佢就係要搵番個借錯力位。經過一輪問傷患歷史，又要我單腳企，又要我單腳起身，去搵我個錯誤咗嘅借力位，結論係我條腰有個位，唔夠力，要借其他力先做到個動作，佢就針對我唔夠力嗰個位，去治療。我睇咗三次就無再睇，因為我個酸痛強度無減到，怕行錯方向，越醫越傷。而家事後當然知道，佢係搵到個表徵，無搵到個病源，源頭係腰骨 L4/5 移咗位，佢呢種治理都有佢嘅價值，不過都有盲點。

轉腰

師傅幫我復位，做完第二次，話唔使再睇，我通常都問問題，好似，去買豬肉搭豬骨咁。我運動要轉腰嘛，又打網球，又高球，心諗，佢會講，轉腰動作唔好做啦，點知，佢話，無問題嘛，仲示範點轉身㗎，出乎意料，係兩個出乎意料，一個竟然話玩得，第二個，係佢轉身個動作，我馬上明白，我條腰為因出問題！係我打網球引起，係我轉腰嘅問題，再具體啲，係我打網球時，無轉腰，我以為我有轉腰，咁就係問題啦，得隻手打完再掄出去，條腰唔轉，隻手掄足兩個鐘，L4/5 位置，咪變咗個支點，兩年過去，唔移位先怪。心水清嘅朋友，又會挑戰我，你打網球成廿年，點解唔係一早有問題？係呀，以前打網球，隻拍接觸到個波，雙手就停唔再掄出去，咪係得隻手上上落落，條腰根本無參與。兩三年前，聽人話，打波再用埋腰力，勁啲，咁咪出事囉。不過，醫師修正話，係轉個胯先啱。

正所謂，世上沒有無緣無故的愛，將個愛字改為痛字，世上沒有無緣無故的痛，找出病因，皆大歡喜！

13

心有不甘

人大了，年紀大了，痛都會找上門，呢味嘢，嚟咗就唔會走，諗住，頂多無咁痛，已經係好好啦，痛，會陪你走埋呢世。

腰痛

幾年前，腰開始痛，其實唔係痛，係腰酸，酸佔九成，痛得一成，打網球要轉腰嘅波先得嚟勁，點知係無轉腰，只係雙手由右轉去左，條腰無轉過，日子有功，兩三年落嚟，腰椎 L4/5 咪移咗位，腰酸囉。師傅幫我復位之後，後面一大塊肌群好酸，縮細到一兩吋肌肉酸痛，其實已好好㗎啦，一年後，又去搵師傅望下，佢又幫我搞一搞，痛位由一小幅再縮小到一點。用比例講，就係先頭嘅 100%，跌到 60%，再落到 30%，所以，去到 30%，可以叫做舒緩，師傅話齋，傷害已經係傷害咗，叫做好番㗎啦，係大大嘅舒緩啦，咁大進展，仲想點？其實，已經無得想掂，預咗，會陪我走埋呢世。又其實，係想去番以前打網球，打完波之後，肌肉好劫之後，抖返兩日無事，而家，打完波，仲有 30% 痛呀，最多，能夠返去以前，咪唔玩轉腰囉。咦，李生，你心有不甘㗎！

再嚟一次

行走江湖，有人想呃你錢，或者咁樣講，係你覺得總有人想呃你錢，講乜嘢乜線可以治愈腰痛，聽清楚啲，係遠紅外線，再聽清楚啲，係舊石可發出嘅線，舊石叫做泉靈石，天然嘅，有遠紅外線咁話。咁點呀？自己家法話試三次，三次無效，唔會試第四次，即係，最多被人呃三次。其實，有件衫，包住舊石，你著住佢，佢就對住你個身透遠紅外線，話係啟動你身體微循環系統，做到通、排、養。心有不甘嗎？咪試下囉，試咗幾日，唔講唔信，嗰個痛位，由 30% 落咗去 20%，我成日講個拐點，即係有好轉嘅方向，下面，就係用時間去界舊石，呢個時候，就係希望時間可以飛逝，兩個禮拜啦，痛感又跌咗幾個巴仙啦，真開心，多謝遠紅外線。又望多兩望件衫，原來包住幾粒石，有兩粒對住個腎俞穴，好接近 L4/5，試咗三個月，個痛位跌到 10%，拜託，遠紅外線！

痛，似個青少年，六年前讀中一，而家中六啦，跟住就遠走高飛，痛，六年前嚟探我，似中六生，同我講，拜拜。

14

長壽密碼

人大了，是想說當人老了，不期然思想會觸及生命盡頭呢件事，當然係想長壽啲，但條件係要行得走得嗰隻長壽。中國人講長壽，離唔開打太極，氣功呢幾味，朋友話，重要係對身體增加感知度，最理解你身體係你自己，唔係醫生，醫生對症狀最了解。

拉筋

朋友見面，都話人好似矮咗，有種講法，係人老咗條筋會縮，可以拉番長啲，人都長壽啲，講正我所諗嗰味，咁樣咪去書局搵下有乜資料。

《筋長一吋，壽延十年》，書名確實係我想要嘅，好似行書店都有見過本書，真係你唔上心就唔會注意。買了幾本，送朋友，正是分甘同味嘛。

做拉筋，同舉鐵一樣，都要注意三寶，即係步驟，目的，同耐性。於是，我就把舉鐵同拉筋炒埋一碟，做個多小時拉筋，然後半小時舉鐵，就係咁，成了習慣日程，每週二次，前飲茶後又 high tea 吹水，成班人，不知幾開心。

奇怪事

身體開始有點唔同，每天去做大問題都不是問題，而係，每天開始要做兩次大問題，甚至三次，睇開大夫，搭單問每日開兩次係唔係有問題？答覆係正常嘅，如果係香蕉咁嘅形態。自問這幾年，無改變起居飲食習慣，何來這種變化？

自問過去幾年，咪係不間斷做咗舉鐵同拉筋囉，呢樣同腸胃有乜嘢關係？身體狀況起了變化，無個理由解釋，都係唔放心。

拉筋係中醫嘅範疇，咪從中醫嘅方向去思考，中醫講經絡，穴位，拉筋拉咗五六年，日子有功，咪拉通咗條胃經，中醫講嘅胃係泛指腸胃，唔係單指個胃。用西方嘅話，咪係條神經線敏感度增加咗囉，日本人講長壽最愛連宿便處理嚟講，宿便周不時都喺度，而家係你條神經線比以前敏感咗，咪感覺到啲廢物囉，早排出嚟都係對健康有幫助。

真係拉筋都拉出個健康嚟，腸胃健康，都係長壽重要同基本啊！

15

再談拉筋

人大了，其實是想說人老了，總會遇上過受傷，尤其係跌親，我講係小問題嘅受傷，咪去睇醫生囉，中醫嘅跌打呀，推拿等等，西醫嘅物理治療。好多時，時間同金錢都花了，它就是留住條尾巴，點樣都好唔返晒。

跌親

就係有一回，行完山，一大班人跟住去食飯，個個都去洗手洗面，去洗手間，兩級樓梯，防不勝防，地面有點油，一滑，人向後仰，向後跌，條腰骨睇落直跌落階級個邊，分分鐘腰都斷，個反應就係伸直隻手，唔畀條腰先落地，結果，事如以願，條腰無事，左手就全部力量都吸收晒，人由向下到靜止，都係左手食晒啲力。

左手手臂三頭肌好痛，手唔嘟，微微痛，手最盡伸到九十度，好痛。

治理

唔死得人嘅傷，返到屋企當然係敷冰，第二日搵啲嘢捽下，跌打酒，乜乜藥膏都試晒，好咗少少。然後就係一連串嘅中西醫治療，針灸，前後試過三個針灸師，搞咗成個月，進度好慢，仲有痛，打網球，左手根本拋唔起個波，手上到九十度就痛。然後試物理治療，搵支暖燈照下照下，無乜幫助。又黐下啲膏藥，香港同日本製嘅都試，無效果。唔知點解無去睇跌打，

又無去睇骨醫，我記得初初睇針灸，話手臂痛，佢就落針手臂，後尾，睇第二個就話條腰同唔知邊度有事，總之趴喺度，成個箭豬咁，反正都係收一個價錢。

好似仲睇咗一啲另類嘢，不過記唔起囉，如是這般，兩年，係兩年，無寸進，打網球，都係開唔到波。

自己救自己

其實兩年來，痛係舒緩咗好多，但手伸到九十度，就痛，啲痛覺得喺手臂深處，按壓下都痛。可能，就係咁樣㗎啦，叫做好㗎啦，但係，我開唔到波啊。

然後，我開始思考，如何是好，我記起好多年前，參加咗一個步行活動，認識咗一個短跑選手，佢係代表廣東省嘅，都係 70 年代舊式訓練嗰種，佢話肌肉受傷之後，係復原階段，肌腱會生長得亂七八糟，之後嗰組肌肉比以前更強。我要特別聲明，我引述佢嘅話，可能係我理解錯，講錯嘢，重點唔係啱唔啱嘅問題，而係，肌腱攬埋一舊，呢度就係我可以發揮嘅缺口。

我於是靠著牆邊，把手慢慢向上伸，伸到九十度，痛，保持呼吸，停半分鐘，然後手放下，再做，可以九十二度。每晚都做，每晚多兩度，如此這般，後來同朋友分享，佢哋話呢招叫爬牆，三個月，我可以開波了。

我試去解釋，我爬牆，等如是做伸展，把肌腱生得亂七八糟，梳理順，血到，營養到，掂咗。

16

跑步

人大了，變老了，都會回頭看，回味啲有趣嘅事，當時，無特別話要追求乜嘢，估唔到，為身體健康，打咗個好嘅基礎，就係去跑步。

柴娃娃

五張半，跟人一齊去跑步，跑咗五年，跑咗十幾個半馬，之後嗰三年，跑全馬，跑咗十六個。到瘟疫襲港，比賽，都停了，跑都停了。其實，跑，唔係我杯茶，條件唔喺度，跟住變。算得上有廿年鍾情嘅運動，網球係首位，好多時候，到而家都係，時間上要遷就嘅，會係網球。嗰陣玩跑步，都係一大班人，柴娃娃，鍾意嗰個氣氛，跑完步，一齊食飯吹水，記得成大班人，開頭有二三十人，都係做義工識嘅，跑，大家都係由零開始，咪以為打開網球就易上手，完全係另一個世界嘅事，開初跑二百米，已經死得人，有個教頭跟住我哋，不如試下十公里吖，咁咪柴娃娃，你去我又去，練下練下，又跑到三公里，操下操下，咁就成班人，玩咗個十公里。就係柴娃娃咁，你去我又去，半馬咗啦，然後，全馬咗啦，越玩越多人，成五十人咁多。心水清嘅朋友，會問，香港地，好似一年得兩次全馬搞過嘅，你跑十六個全馬，咪要八年？無錯，我哋係周圍去，話去跑，其實孖埋個旅遊一齊，第一隻馬唔喺香港，喺日本。

跑到棄跑

跑，唔係為咗健康理由，係報咗個全馬比賽，就要操，係要操長課，操唔同里數，接近比賽兩個月，最少操二十公里，係幾次二十，成大班人操，然後，吹水。瘟疫到，無比賽，無咗個動機，唔跑囉。大家跑咗十幾年，我就唔跑囉，有啲人係唔跑得，佢哋想跑，但係，唔跑得，因為傷咗，無得再跑，傷咗個膝頭哥，跑步會傷身㗎，要唔傷身，係另一個學問嚟嘅，我就又跑又做呢個學問，先免得受傷咋。回頭看，跑，骨質密度比實際年齡後生好多，跑，提升心肺功能，跑，增強意志力，會多正面睇事情，跑，會出汗，唔出汗唔健康㗎。

有人會問，跑，會諗乜嘢，我跑，唔會諗嘢，一片清淨。試過幾次，當時有啲解決唔到嘅事，腦海浮出咗個方法出嚟！

17

呼吸

人大了，係老啦，都會注意保養身體，正所謂，健康要保持，要養成習慣，養身，養氣，都重要。

呼吸都攞嚟講

乜呼吸都攞嚟講？唔識呼吸，人都上咗天堂啦，無錯，呼吸係唔使教嘅，BB 出世都會喊，然後，自然呼吸，生命就係咁開始。今日想講呼吸，係同健康方面去講，當然，道家嗰種吐納，乜嘢丹田養生，我唔識。有啲話，可能都會聽過，就唔知有無試過啦，譬如，氣短，我理解係呼吸短速，當人緊張，驚恐，心煩，情緒激動，呼吸只係喺個心口度上上落落，有啲頂住個心口咁樣，呼吸係唔順暢嘅，有時運動呀，都會咁，呼吸會急同短。人緊張時，有人會教你，深呼吸，慢慢人都平靜，放鬆番。咦，咁睇嚟，日常做到咁樣嘅呼吸，有養生好處喎。氣短嘅相反，長氣，當然唔係話講嘢多，嗰種長氣，係指吸氣能夠深長，跑步，跑得遠，跑得長，當然同肌力嘅能力有關，係基本嘅嘢，原來，合適嘅呼吸配合，使到跑，相得益彰，大家話跑步，可以練氣，試諗下，呼吸好急速，跑兩步都要停啦，但係，呼吸調整到深長，跑，咪變咗係一種呼吸嘅運動囉。

橫隔膜

　　一般跑完個全馬比賽，我都會休息，意思係跑嘅里數會得番好少公里，叫做跑完食飯吹水，會維持到下次比賽前三四個月，再操番啲里數上去。每次開操，我都會揀對面街，上配水庫條斜路，得三百米，開始操，都唔可能第一次直跑到配水庫個頂，要喺平地跑番二三百，再上斜路，都唔係咁就得，都起碼要跑番四五次，先得嚟一口氣跑到頂，到頂，喘氣喘到要死咁。瘟疫期間禁足令，悶到發慌，有一次落街跑，心血來潮，竟然跑上去配水庫，嗰日係中午，氣溫三十二度，試下跑上去，竟然一口氣到頂，喘氣只是平時三分之一，其實都無跑好耐，自己都唔相信。思前想後，自己又無食禁藥，為乜咁勁揪？原來係腰痛時，遇著個運動矯正教練，教我幾款呼吸訓練。橫隔膜係肌肉，平常一般唔注意，都唔識點去做，原來，做咗嗰啲呼吸訓練，練到嗰個隔膜肌肉柔軟，咪呼吸比以前更多空間，一氣到頂。

　　深長嘅呼吸，練練下變成習慣，習慣咗深長嘅呼吸，氣到，血到，養氣，養身。

18

咁都得

人大了，其實是說當人老了，對自身都有一套自家理解，說甚麼我條腸特別窄，所以呢啲嘢食唔到，又有，飲咗普洱茶，瞓唔著，仲有，食得辣嘢多，身體條蟲都要走佬。真係有啲嘢，係解釋唔到，但係又會發生，唔止我哋啲普通人，連醫生都係咁話。

疣

呢個字，唔係好多人知，唔重要，重要係醫生知道佢係乜，同點處理。呢個字，前面加個「生」字，就係問題，我曾經生疣，芝麻咁大，生喺眼旁，有日起身照鏡赫然發現，尋日都唔見影，今天一大早就現身，問了朋友，係疣，馬上去睇醫生，都唔使兩分鐘，搵咗出嚟，醫生話，條根都清埋，一年復發，包醫，免費。佢仲話，傳染力高，唔理都得嘅，一年半載會唔見咗。

又生疣

係呀，又嚟，今次係手臂前面，一小粒，又係尋晚唔見今朝見果隻，以為係疣，曾經生過，前面個醫生話可以唔使理都得，又唔係生喺重要部位。點知，佢與日俱增，成個禮拜之後，成一棵樹咁樣，有幹有枝，好恐怖，拿拿聲落去對面健康院，個後生醫生話係皮膚增生，問題不大，仲連手套都唔帶，喺度研究，佢話影響外觀，馬上排期做割除，點知排期喺十八個月之後。

梗係唔等啦，走去睇皮膚專科，個老醫生話係疣，佢話幫我唔到，嚇到我一身汗，唔知乜事，原來佢唔會幫人開刀，只可介紹另外一個醫生，後來寫咗封轉介信，去政府皮膚科，三個禮拜有得見醫生，政府醫生話係疣，因為介紹信係咁講，唔理點，最緊要盡早割除，快期，三星期後有得做，一天光晒。

咁都得

嗰陣時，要準備跑馬拉松，一個禮拜都跑兩三次，跑到氣都咳，點知嗰棵樹仔係咁縮，我越跑得多佢就越縮得多，真神奇，咁都得。要做手術前一個禮拜，棵樹基本上消失咗，得番個印，打去同政府醫生講取消手術，佢話俾佢見下先，我問佢點解咁，佢答唔到。

已經好幾年，個印仲見到，棵樹無再生過出嚟，唔會問點解，多謝。

19

骨質密度

人大了，尤其係人老了，骨質疏鬆都係要注意嘅健康問題，用醫生經常咁話，小心唔好跌親，老人家骨質疏鬆都差，跌親都會骨折，有排醫，咁，你要問，可以點？

可以點

問可以點，可以分三個問，可以點唔跌親？可以點唔骨質疏鬆？跌親可以點？三個問題，我相信，最後嗰個問題，即係，跌親可以點，醫生，骨醫，可以幫到你，做手術。頭嗰兩個問題，我知，我有方，啱唔啱你用，唔知，聽下先，決定喺你度。第一個問題，可以點唔跌親，我哋用邏輯咁去講，跌係失平衡，心理諗住啲嘢，分咗心，無注意行走，會跌，呢個如果係因，咪下次注意，咪分心。如果係平衡力唔好，咪去練好平衡力囉，行走時，都係一步踏實，轉重心，實步轉虛步，虛步轉實，玩虛實，離唔開太極拳啦，不過老友記，可以去研究下太極拳步法，擺手又擺腳嗰啲全套，唔一定要學嘅，道理唔係話唔好，係防跌親為主，步法易上手，即學即用。

骨質唔疏鬆？

　　點可以唔骨質疏鬆？咁用數學模型去講。有班未到初老嘅人，即係 50 歲左右，男男女女，玩跑步，玩咗十年八載，有次聚會，有人攞咗個醫院用嘅，量度骨質疏鬆儀器，一做就見真章，數字係廿歲左右嘅數字，即係，呢班跑友嘅骨質密度，比佢哋實際嘅年齡年輕咗三十年。呢班人有成四十幾人咁多，都係每星期跑幾次咁多，全部都係年輕咗，指嘅係骨質密度數字，我就係呢班人之中一個。點去解讀呢件事？問專家，專家話，骨質係隨人長大而疏鬆下降，無話唔疏鬆呢樣嘢，只不過係點做先得嚟流失最少啫。重力運動係對流失骨質合適嘅方法，跑步就係其一，明白晒。老友記，唔係好建議即刻就去跑，先簡單開始，由步行開始，由少到多，由慢到快，由唔出汗到出汗，畀啲支持自己，變化唔會即刻到，唔做就無變化。無話遲唔遲，早一日做，早一日受用。

　　有趣嘅事，人老咗，總想後生啲，有一樣嘢，你我都得，出力咁行，數字會比你嘅年紀細，你明我講乜。

20

舉重

人大了，其實是說人老了，知道自己老了，做嘢好多時都與健康扯上了關係，呢樣唔好做，果樣都唔好做，正所謂整親就麻煩，坐喺度，睇下電視，散下步，咪幾好，千祈唔好咁操勞。

舉重

唔知為何跟咗人去舉重，係呀，時髦啲叫去做 gym 呀，朋友個屋邨有舉重設備，跟佢去玩下，朋友自己玩咗好幾年，千叮萬囑，舉鐵要有步驟，要有目的，還要有耐性，佢見到啲師奶喺度玩咗幾年，全無寸進，就係唔懂三寶（步驟，目的，耐性），只係喺度吹水，仲有啲阿叔，嚟到就喺度嘭嘭聲，要一下舉晒成堆鐵，第二日就唔見人，受咗傷嘛。真係高人嘅忠告，不可不聽。

就係咁，憑藉三寶，舉下舉下，舉咗四五年，收穫都幾滿意，尤其係喺更衣室換衫嘅時候，望下同齡人，又望下自己，好有滿足感。不過，有個意外收穫，自己有嘅寒背，改善咗，多謝。

養生

　　喺個舉重房，其實見來見去都係嗰十幾人，有個阿伯，睇落都有八張，腳震震跟住個教練入嚟，見教練開頭教做啲好簡單動作，咁就收人幾舊水，好似太過了吧，點知做下做下，佢居然教阿伯做 Plank，當然一分鐘都做唔到，點知後來三分鐘係常態計劃，做咗幾年，收工時，阿伯仲走得快過個教練。

　　問一問教練，原來都係靠三寶，舉鐵有效增加肌肉，幫助骨質密度，我而家叫佢做阿叔，因為佢外貌年輕咗十年，教練話西醫先生想搞好身體，最緊要佢可以堅持。

　　同人分享我舉鐵經驗，第一句就話，舉到一舊舊，唔好睇，心想，每週做嗰兩次，可以一舊舊，當年張家輝為套戲做到一舊舊，都唔知要付出幾多！

　　係舉重前面加兩個字，養生，就係我喜歡的。

21

打太極拳

人大了，人老了，總想搵啲嘢玩下，一來係有啲手藝，過下日晨，如果同時又得增進健康，真係一雞兩味，著數，何樂不為！

太極拳

喺香港，相信連細路哥，都知道太極拳係乜東東，一大早，公園角落，三五成群，嘻嘻哈哈，不亦樂乎，見到嘅，好似都係公公婆婆之類，畀人印象，呢啲咁樣慢嘅動作，係老人家嘅玩意。又相信大家都相信，打太極拳，有益，係對身體有益，咁有乜益呀？好似話對平衡方面有幫助，大家之後飲茶吹水，幾好呀，又聽過有人打拳，打到膝頭哥出問題。我打咗拳廿多年，真嘅，平衡有幫助，都見過有人打拳打到膝頭痛，嗰個仲係教拳師傅嚇。如果，你係老人家，我指係七十歲嘅，唔好去學，六十多啲嘅，自己考慮，打太極拳先唔好講係邊家先，打嘅都係幾十式，嗰啲轉身嘟手動作，老人家，跟唔到，學得隻手，隻腳又唔知擺嚟邊，有啲後生，學咗兩堂，學到無癮，至弊仲打擊埋個情緒嚇。唔止，有啲人打咗十幾年，唔玩落去，話無得著。

太極・拳

下，咁你開個題目，自己倒米？唔係，其實，太極拳，好多人係先經歷拳嘅階段先，能夠明白嘅，就進入太極拳，好多初學嘅，見到佢似體操，打得靚啲，

似舞蹈操，都未去到太極嗰個位。呢啲拳，係明清時候出現，係保鏢嚟搵食嘅，唔係老人家玩意，一代一代傳承落去，有啲人學到原味，咪打到原味，有啲人學唔到，咪當體操咁打，咪打傷膝頭囉。噚，太極乜道理，搵啲太極高手去講啦，學太極拳咁耐，一個字已經搞餐懵，鬆，就係鬆，鬆，做得到，同睇得到。拳論有句咁講，形於手指，就係睇你隻手指，係咪好僵硬，就睇到有無做到鬆，人點做到鬆，企喺度散晒，唔係鬆，係鬆散，用文字去講點做到，我水平唔夠，講唔到，但係我知點去講，鬆，有一方面，有乜好。

鬆

人體有肌肉筋腱，我哋現代人，已經唔使劈柴擔水煮飯，平日只嘟得嗰幾大組肌腱，操勞多，筋腱攬埋一注，血唔到，咪痛囉。咁你係鬆嘅狀態，嘟下嘟下，血到咪會改善囉。呢個道理，老人家，做下甩手操，都有效果。其實，唔係叫人唔好學太極拳，只係你顧住跟個形，唔知要鬆，越打越緊。

太極拳，啲姿勢，古靈精怪，查實，係要活動其他好多嘅小肌肉筋腱，鬆得到，血到，係整體嚟幫你。

虛篇

1

三種老

人大了，都好關心自己個年歲，因為，有著數，到咗六十，搭車搭船，兩蚊雞，幾盞鬼喎。香港人，始終都有個情意結，唔係好想人知自己有幾大，但係，而家去搭車，嘟一聲，同後生唔同嘟聲，係人都知你係老人家啦。

猜歲數

原來，有啲人係好鍾意，講自己幾大，細路哥咪係囉。我就經常搵啲三四歲人仔嚟玩，玩猜歲數，問佢今年幾大，答得好準確㗎，三歲，三歲半，三歲二個月，點解答得咁開心，估計係大人話你大個咗就可以做乜食乜，咪日日計住幾時大囉。你再問，出年幾多歲？十個有九個，只係眼碌碌，望住你，唔識答，不如話，佢唔知你問乜，因為阿媽無同個細路講，出年幾多歲。叻叻呀你，咁嘅年紀仲可以，就係另一種人，會開心話你知，佢幾多歲，我八張啦，九張啦，仲可以自己行街飲茶，你話佢叻，因為大家都有個印象，八九十歲嘅人，應該瞓喺度，乜都做唔到。其實，都係嗰句，差嘅老人家嘅印象，都係一個樣，叻叻嘅老人家面貌，千變萬化。犀利喎，你咁嘅年紀仲可以跑馬拉松，仲可以洗衫煮飯，仲可以走走趯趯，仲可以玩樂器，仲可以爬高爬低，仲可以舞刀弄槍，仲有好多可以。

數字

　　歲數用數字表達，六十歲，如何，七十歲，八十歲又如何？做後生時對六十歲，覺得已經係老，六十歲後嘅認知，完全無印象，而家自己踏入初老，先得嚟知老係乜景象，我出去打工搵食用咗三十年，比較同齡人早幾年退休，分分鐘一切平平安安，又按香港地，人嘅平均壽命嚟講，我嘅老齡生活，由退休嗰年計起，仲有三十年，幾乎係同我搵食嘅長度一樣！再數數手指，退休咗十年，即係仲有二十年！所以，我將老分成初老、中老同老老，表示老係一個超出我哋理解嘅老人世界。出嚟做嘢，頭十年學嘢，第二個十年，帶人做嘢，最後嗰十年，叫人做嘢，我哋呢班戰後嬰兒潮嘅初老，初老自己去玩嘢，到中老要人陪去玩嘢，到老老睇人玩嘢。

　　老人世界，分成初中老三個階段，更加明白，幾時要放，幾時要收。

2

手機

人大了，係老了，初老嘅朋友，都會用手機，手機呢兩個字，即係手提電話，到而家，即係智能電話，不過，習慣叫手機，唔會叫智能電話，日後電話發展到萬物互聯，都係叫電話。

現代產物

手機，由真係一部手提電話，到而家，已經係一件萬能嘅東西，出門無帶銀包，可能唔會歸家再取，發覺無帶手機出街，人都會囉囉攣，唔返屋企攞番唔罷休，今日無啦啦拎手機出嚟講，同健康無關連㗎！咁，加個病字咪有關囉，係手機病，咪住先，未聽過㗎，你老作？係，新病嚟，我作嘅，其實，病徵已經面世咗，未有人命名啫。一個現象係，老老嗰班群組，免疫力最高，手機病，由細細個幾歲到中老都會有，只係病情程度唔同，呢個病，全球性嘅。呢個手機病，日前仲未分到科，意思係，佢有無傳染性，定係遺傳，定係心理，未確定，但係，佢就有一個特殊嘅嘢，就係呢個病，係可以發展到而家我哋知嘅病症，所以，可以叫係一種誘發病嘅病。

手機病

　　一個明顯嘅病徵，係佢會使病者對寫字能力嘅降低，唔係對書寫障礙咁簡單，係好似走向喪失寫字功能咁樣。第二個徵狀係有過度專注症，人能夠專注做事，不嬲都係俾人讚嘅事，細路哥就更難啦，但係，手機病患者，都能專注，慘在超專注，幾個鐘或十個鐘咁樣專注，細路哥都係，咁就引發一堆身體健康問題，近視加深，肌肉萎縮，骨頭變形等等。思維上又明顯發現好大嘅退步，人類嘅思維能力係好精彩嘅，幾千年歷史，發展出唔同嘅學科，思想體系，人人都講嘅理性，講道理，高檔啲講，叫思辨能力，呢啲，都見到向下走，嚴重啲講，叫喪失。世界事物係多樣嘅，手機病患者，就係得兩種回應，喜歡，不喜歡，都有第三種嘅，唔回應。其實，仲有好多病症未被發現，以及佢對人有乜影響，係未知。人類有幾次重大變化，銅鐵器物嘅出現，工業革命，今次嘅手機病，人類，可能唔係叫變化，係叫進化，頭顱變得更細，手指得番兩指⋯⋯

　　手機病，亂講啫，無咁嘅事。

3

健康道理

人大了，老了，對住個世界，起碼都有幾十年，見到嘅人應該都唔會少，見到嘅事都唔會少，咁，處理嘅事都唔會少，即係，都有一套喺江湖行走，高檔啲講，係有一系統同個社會互動。

睇眼醫

有次朝早起身，覺得隻眼有啲黑影，以為係未瞓醒，黑影遲遲無退，打算睇醫生，問個保險，話隻眼有個黑影，睇私家醫生有無得賠，個保險問我，個黑影喺隻眼邊度，先知，話個病情話得唔清楚，睇到有個黑影先至係。眼醫話，黑影嚟嘅，我哋叫飛蚊症，無得醫，一個月再嚟覆診，睇下有無惡化，覆診後眼醫話，無惡化，使唔使再嚟睇？唔使，咁係乜造成？因素好多，人老咗啩，咁就唔再睇。件事講完，好似都係咁㗎啦，醫生都話，唔使再睇嘛！呢單嘢，我哋試下好似錄影機咁樣，播番條帶嚟睇下，睇眼醫為乜，係問點解睇嘢有個影，琴日都無㗎，然後，醫生幫我做晒個檢查，話咗一堆嘢，雖然我再問，但我最後都放低單嘢，點解我唔再追落去？其實，大家都會話，車，咪講咗個原因囉，係，同意嘅，係個道理，呢個就係個機制。

唔去跟

我哋將件事，調轉嚟講，我嘅脂肪瘤，跟咗我幾十年，由細到大，指嘅係嗰堆瘤，醫生都話無得搞，唔係一個，前前後後，起碼十個醫生，道理都講咗，話唔痕唔痛，唔使理，我咪唔理囉，唔係唔想理，係唔知點理，咁咪唔理囉。如果，跟我話嗰個機制，有道理喺到，先得去處理啲脂肪瘤，咁耐，無一樣嘢，實在咁講，可以處置呢啲瘤，係無，你仲去搞，人哋覺得你有問題。我用咗張負電位床墊，一年啦，背脊嗰堆瘤由大變到細，就嚟無晒，而家咁睇，梗係張墊有用啦，但係，事前，舖頭賣墊嘅人，都無實牙實齒，話一定幫到。按機制，我係唔應該去試買床墊，因為無道理話得，唔試新嘢先係正常。再諗深啲，其實，醫生講嘅道理，係另一種道理，係佢哋唔知嘅道理，知嘅係個瘤無毒啫，我哋呢套相信道理嘅機制，久而久之，就放鬆咗喺專家嗰度之嘛。

我哋同人話乜嘢好，其實係同人哋個機制打交，通常講唔到個道理，人嘅機制會唔相信，反而，佢信你，你會話，緣分到。

4

珍惜健康

人大了，其實係老友記，老友記，都有細個嘅時候，細細個，食飯唔俾食剩啲飯，話農夫耕田好辛苦，又話，食剩啲飯，老嚟面上生麥皮，又話，第時結婚，老公老婆係豆皮喋。做咗老友記，老媽子嘅故仔，其實係呃細路，其實，係講兩個字，珍惜。

虛虛實實

升呢咗做老友記嗰班人，都經歷過由實到虛嘅世界，細個時候，學嘢都要跟師傅，想學啲技藝性嘅，嗰陣叫手作，我老豆就先後收咗兩三個徒弟，教佢哋車身噴油，學二三年先得嚟成師。想學識字，就報小學，跟老師學中英數。想知外面世界，靠老豆買張報紙，再噏俾你知，後來有收音機，唔使靠老豆，出埋個電視機，開始知道世界好多嘢。我哋呢班老友記，真係實實在在咁，寫字，睇書，睇報紙。老中醫好，唔係作講得好，係個脈理好，老師好，係內容有深度，講得有條理，口語相傳，做事做人，畀時間去浸，無捷徑，實在。

進步

講咁多舊陣時啲嘢，嘥氣啦，時代進步呀，阿叔！其實，仲有一句未講，收哆啦！查實我哋呢班中老，搵食到中年嘅時候，有個門檻要爬過去，唔使咁誇呀！一啲都無誇，就係電腦，之後嘅網絡時代。我哋用開嗰套架撐，實體嘅嘢嚟嘛，霎時間要轉用啲新嘢，唔

係話轉就轉得到，有啲人唔信邪，唔轉，有啲人慢慢轉，有啲人轉唔到，結果係，職場大執位，轉得快嘅，咪喺個新跑道起飛，轉唔到嘅，咪係人都識講嘅，被時代淘汰囉。車，講埋啲舊嘢，無用啦，時代進步嘛！

無用

班老老嘅老友記，即係我阿媽嗰批，智能電話，佢哋就覺得無用啦，又種唔到田，又種唔到地，偏偏呢排要安心先得飲茶，搞到傻咗。我哋班中老就唔同晒，都識得安心係乜，飲茶同上太空都得。正所謂，由實嘅世界搵食到虛嘅世界，你班後生就無呢個經驗，虛嘅世界，邊個講得叻就係成功，師傅呢兩個字，大家都知，咪係教車師傅囉，學嘢，上網乜都知啦。時代進步，梗係畀佢轉埋入去啦，但係有啲古老嘅字，我哋會明白囉，係乜？搵一個概念大家玩下，珍惜，車，我知，你肯定知，但唔明白囉。

嗱，兩歲細路哥，上晝買咗個玩具，卜晝個玩具就唔玩啦。等個細路大啲，問下佢，珍惜係乜意思，佢一定唔會聯繫上人同人咁諗。

5

阿叔・你好

人大了，人老了，其實，點為之老，用年齡計數，定用健康狀況來算，定以心態嚟講，老，或老咗，有無標準？好似，同細路哥講，你大個啦，其實，乜嘢叫大個仔，有無標準？

老咗

人係咪老，係咪老咗，老咗幾多，明顯不過，體能差咗就係指標，而家上兩步樓梯已經喘氣，以前都唔係咁，係咪真係老啦，相信唔少老友記，都會問自己，或者，朋友出嚟玩，見你唔同以前咁 fit，可能會話，老咗囉老友。你未必會接受你已經老咗，好多藉口可以講，呢排瞓得唔好啫。有啲人覺得，老咗咪老咗囉，無乜所謂，當你咁諗，以為好瀟灑咁諗時，有一日，搭車有人主動讓位，然後，差唔多搭親車，你見到啲後生，都閃避你嘅目光，嗰種係唔讓位畀老人家嘅逃避日光，如果，你都仲覺得老咗咪老咗囉，咁你真係瀟灑啦。

阿叔，你好，一句平凡不過嘅問候，出自街市開檔嘅老闆，但係，有一天，一個細路哥，叫你一聲，伯伯，爺爺，你知道，細路哥只係如實咁，叫一聲應該叫嘅時候，那一天，真是老了。

老咗啦

　　有無諗過,我哋講老,會唔會好似讀書咁,有個門檻,過咗就叫老啦,如明天你上中學,你就係中學生啦,講咗咁耐,都搵唔到個所謂標準,試下換個角度,相信大家都同意,老係人生一個階段,不如,睇下我哋祖師有乜嘢可借鑒,六十歲之後嘅,夫子就留低呢幾句,「六十耳順,七十從心所欲,不踰矩」,佢老人家,唔係從物質方面去講,而係講一種心理狀態,字裏行間,感受到一種滿足或者可以講,係一種精神安然嘅狀態,人到了某個歲數,人生閱歷增長咗,能從內心悟到了與時並進嘅心理掛鉤,同意唔同意,都無所謂,係唔用咪拎去用囉。

　　有句話咁講,如人飲水,冷暖自知,老,都無個標準,咁就各自修煉,各自精彩啦。

6

一代人一念

　　人大了，人真係大了，即係老咗嘅時候，都會想當年，當年最多咪係幾十年，能夠記得起至早嘅回憶，頂多咪係童年時候，我記得，最早，最早，係讀幼稚園，老豆啲學師仔，湊返學。

人長大嘅過程

　　細細個，跟媽子出街，叫人，叫阿叔。再大啲，叫阿叔呀，叫咗阿伯，因為佢似阿伯，只係講個實情啫，呢個時候，係想長大，識得分。再大啲，見到阿伯都叫阿叔，因為佢長大咗，已經入世，知道點分。再大啲，見到阿伯，會叫阿哥，因為佢知道阿伯會點諗，事關佢都係阿伯，好識分。細細個，媽子生咗你出嚟，養得到，唔死得，細細個，成班細路，食飯食慢啲，連飯都無得喺，牛油搽麵包，美食，唔係時時食得到，健康兩字，童年讀一科，叫健康，童年，食山楂餅，為咗杜蟲。媽子話，你細個嗰陣，好多人喺健康院出世。中學，袋住兩蚊雞返學，富貴嘅，食碟肥叉燒飯，想啲錢嚟買嘢，食個麵包，食係想食飽，青少年時候，有人讀晒個中學，有人讀一兩年就算，點解唔讀埋，出嚟搵食，搵食嗰陣大過天，唔搵邊有得食。

健康

健康兩個字，細細個都會識寫，呢兩個字，青少年到中年都唔興，乜文字都有興同唔興嘅咩，係呀，呢十幾廿年，處處都見健康兩個字，健康食品呀，身心健康呀，健康心靈呀，細路哥要健康生長呀，食得健康呀，活得健康呀，成個產業，有課程教授，如何健康呀，林林總總，大家唔止講，做，跟，入晒腦㗎，健康已經係時髦，你任何嘢搵住健康都掂，都係正確，正常。跟你咁講，老人家一般都跟唔到啲時髦嘢嗰，係呀，佢哋咪用番佢哋個套囉，細細個只管食飽，無得食好啲，而家就食好啲囉。我哋呢班初老，都見到個時髦出嚟，勉強搵車邊跟住囉，唔係就俾個洪流沖走啦。喂，講咗咁耐，咁而家個個都講健康，個社會咪好健康囉。查實，乜嘢先叫做健康？

健康會唔會有一日唔興？我哋試下講笑咁講，健康沒有最好，只有更健康。

7

睇醫生

　　人大了，尤其係人老了，遇到任何唔舒服，都會諗起，去睇醫生，啲後生知道，就話，叫你去睇醫生，朋友知道，會問，睇咗醫生未？咦，睇醫生，原來係個共識。

習慣睇醫生

　　老媽子就係半年一次去對面街，半政府機構覆診，睇三高，其實，我見佢都係去攞藥為主，我問佢，醫生有乜嘢講呀？佢話：車，醫生有乜嘢講呀！大家都係講嗰七個字，我嗰句係問句，佢嗰句係感嘆句，多咗個車字。老媽子平日好有主見，主見嘅意思係，你叫佢做西，佢就做東，下次叫佢做東，佢就係做東，你唔叫佢，佢都係做東，即係，唔會變，唔會變都有好處，你完全知佢會做乜。睇醫生，唔會變，唔會唔去睇醫生，前前後後，廿年都有。見佢食藥，怪怪哋，跟啲又唔跟啲。我話，都唔跟醫生講，去睇醫生都係嘥氣，有次覆診番嚟，第二日開始，連續幾日煲咗啲中藥，問佢乜事，睇完西醫食中藥，好唔合邏輯，佢先得嚟話，抽咗幾筒血，人虛，要補補，我話：你咪同醫生講，唔好抽咁多，人虛。佢話：人哋醫生做嘢係咁㗎嘛。我話：我到你八十幾咁，我就唔攪咁多嘢，驗乜鬼，食到走為止。

習慣

　　老媽子有主見，佢話，你細個唔知，人窮，親戚睇唔起，唔係我咁硬淨，點撐起頭家。

　　佢真係好硬淨，有病有痛，唔出聲，事後先得嚟話，嗰日幾辛苦，食咗乜先好番。覆診，一概唔使人陪。佢去覆診咁耐，我都去過幾趟，唔係佢叫，係對面間機構打嚟，我去，老媽子唔係好想，為因我會講實情，實情係佢點食藥，然後，個醫生講啲嘢，好得意，意思係，阿婆，你唔好玩嘢啦。我明白，老媽子嘅硬淨，立身處世，行走江湖，咁容易俾你指指點點呀。醫生話西，佢做東，呢啲叫堅持。去番嗰個位，咁睇醫生為乜，原來睇醫生，只係一個共識，有病，可以睇，無病，都可以睇，媽子，佢覺得佢種病，係叫曾經有病，係好番嘅病，睇醫生，習慣咗。

　　如果話睇醫生變成咗習慣，會唔會唔知講乜？咁不如咁講，當有人話唔舒服，你會話，去睇醫生囉。好似見到個唔想見嘅朋友，得閒再約飲茶。

8

健康

人大了，初老了，都知道健康呢兩個字，可能，日常都同健康打交道，當大家講健康，都習以為常，都唔會問，健康係乜？

健康係乜

當有人問，健康係乜？好可能問嘅人有問題，係佢個腦袋有事，而家人人都講健康，當大人同細路仔講，喂，呢樣嘢唔健康喎，咁，件事就完咗㗎啦，細路仔會停，唔會做啦。所以，問健康係乜，係傻人先咁問。不如，你認真啲答我，健康係乜？可能，有人認真想去答嘅時候，其實佢都係唔清楚，唔好話唔知。我哋試下，將個問題，唔同角度去問問，乜嘢叫健康？健康又係乜？咁，健康係一個概念，定係一個標準？其實，我都唔清楚，好似話係同食有關，又好似健康有身心兩面。我上網查健康係乜，嘩，多到我都唔知係咁廣泛嘅！健康原來可以百搭，總之，加上健康兩個字，無得輸，無得輸嘅意思係，聽到健康兩個字，就好似無上權威，乜嘢健康人生，情緒健康，健康食品，健康生活，健康狀況，健康資訊，身心健康，健康發展，一大堆同健康有關嘅嘢，好似，當我哋用上健康兩個字，對方好似都明，都唔會唔同意，好似大家都知健康係乜！

唔病咪健康

講健康講咗半日，都唔知講咗乜！可能，健康係乜都唔重要，健康，已經喺香港，成為一個常識一樣，有人當唔病咪健康囉，我後生時都係咁諗，後生，無病無痛，咪健康囉，健康同老兩件事，離後生好遠，健康係老嘅時候嘅產物，後生兩晚唔瞓都無問題，病，健康，唔關我事！而家，踏入老年嘅初老，當然，病痛都係首要關注嘅，對健康已經唔同睇法，好埋身，腰酸痛，身體檢查，前列腺有危機，牙患，好似，進入老人行列之間，俾一張考試卷，你去答，答你幾十年嚟嘅因，如何得今天嘅果，眼前嘅果又會係未來嘅因，答得唔好，你老老就要去承受而家嘅因。健康，到了初老，覺得係好立體嘅事，你用年青個套頂到今天，好似唔點妥，換個角度同方法去處理，又好似應該係咁先喎，你要推翻你相信個套，好難，健康，有時離你好遠，有時又覺佢係身邊。

再問健康係乜，我知道，健康，無人幫得到你，只有你自己，幫到你。

9

講道理

人大了，人都會老，人老了，都喜歡講道理，講道理，講得最多嘅，是健康嘅道理，健康道理，不單是講，是坐行嘅標準，又反過嚟，去驗証道理就是如此，當天天都講健康嘅道理，同天天去做健康嘅嘢時，健康，究竟係乜嘢。

尚方寶劍

遇到健康問題，叫人唔好做乜，唔多唔少，背後都有個道理喺度，人有三高，唔好食咁鹹，要少甜，對方一般唔會反駁，點解？係反駁唔到，唔係唔想反駁，多鹹多甜會傷三高，大多數人都知，係知個道理，所以，呢句說話：人有三高，唔好食咁鹹，要少甜。呢句話咁講，無得輸，就算你有三高，你同自己講，都無得輸，問題就係你都知，重要個點係你會唔會做啫。所以，呢啲咁嘅尚方寶劍，唔好下下出招。我就試過出事，老媽子，食麵，係咁落鹽，我本能反應，出咗個尚方寶劍，喂，你有三高，唔好食咁鹹。佢梗係無得反駁啦。過咗兩粒鐘，我又講，你真係唔好食咁鹹，佢即刻扯火，你好煩，然後，一大堆嘢冚過嚟，講到我先係個問題，但係，佢無夠膽話，三高多食鹽係啱。

知行合一

正所謂，講就天下無敵，做就有心無力，知道要咁做，但無咁去做，人總有軟弱嘅時候，不過，軟弱嘅時候總係好多。老媽子出得街嚟慶祝，一圍枱，個個手拿尚方寶劍，呢啲又唔食得，嗰啲又唔食得，不如唔好叫佢出嚟，好似叫佢出嚟講數咁樣，車，又唔係日日食，仲可以食得幾耐呀，佢講嘅都唔係道理，錯晒，一個對一圍，佢講嘅情，咁就無對定錯，要睇乜情況。真係情理兩難呀！

好似大家成日玩嘅問題，你阿媽跌落水，救邊個先？健康，邊個唔想要？日日都講健康，每時每刻都講健康，尚方寶劍都生鏽。不如睇下，我哋氹細路仔啲方，有邊啲可以借嚟用，嗱，你做晒功課，落去玩鞭鞦，嗱，你唔曳，帶你去睇魚魚。不如，收埋把尚方寶劍，玩氹佢開心咪仲好。

睇嚟，都要學定啲講數招架，車，又唔係日日食，車，我就係日日都戒口，等今餐咋。

10

走人

人大了，老了，病了，老老了，都會想到走人呢件事，走人，即係離開人世間。

離開

講走人呢單嘢，最早咪係小學四五年級，嗰時由住木屋上得樓，搬去徙置房，老豆話齋，要同政府攞到盡，加埋阿嫲姑媽兩個名額上去，姑媽唔係親嘅，打住家工，一年都唔見一次，嫲嫲分開住，住個床位，養咗隻貓，星期日，老豆帶我哋去探嫲嫲，不如話係去同隻貓貓玩，咁就係八個人，七個人住，分到兩個單位，打通佢，兩邊都有廁所，一邊改做廚房，一住，住到結婚先搬走。其實，記憶都好模糊，有一日，老豆，媽子氣沖沖，拉住我哋四個化骨龍，去咗好似係間醫院度，我哋四個喺條走廊唔知做乜，無幾耐，老豆，媽子出嚟，好似眼濕濕，而家記返起，咪係嫲嫲走人嗰件事，之後，媽子就日日喺屋企度，繡花，以前，嫲嫲下畫，就係煎紅衫魚，而家，變咗我哋去煎，媽子專心繡花，佢聲控，落油，落魚，唔好反住，要煎到黃黃地先，我幫手煎魚，煎到上中學就停。

第二個

　　屋企第二個走人，係老豆，我結咗婚，買咗樓，住開咗，出嚟做嘢都有廿年，老豆咳足成個月，先嚟查出個肺有事，係肺癌，三個月唔夠，已經係見最後一面，聽住佢吸完最後一啖氣，無呼出嚟，走人咗。徙置屋要拆啦，嫲嫲有個古董水煙壺，喺間老屋度，無攞走。第三個走人，我細佬，我啱啱退休，話係鼻咽癌，我車出車入醫院，話好番，又嚟話個肺，可能同老豆一樣，噴油噴出事，前前後後唔夠兩年，又走埋。第四個，姑媽，佢退咗休，老闆移民預埋佢，佢唔跟，入咗老人院，周圍去搵麻雀打，都經常出嚟徙置屋，打麻雀，後尾，姑丈精神唔多好，少隻腳，姑媽都唔過嚟啦。我退休都五年囉，有次入去探佢，原來搬咗去醫院，見到佢精精神神，姑娘話，係胃癌，原本想搵埋媽子去探佢，跟住佢都走埋。

　　走人，其實係時間問題，一個，兩個，三個，四個。

11

點放下

人大了，查實當人老了，別以為就會睇得開，放得低，唔好將人老咗之後，等同就會去咗咁樣嘅狀態。雖然，老人常被安慰：嗱，靜靜地，乜都唔好煩，舒舒服服生活。講呢樣道理嘅後生，估計都係為個老人家著想，都有對日後老人生活，係咁睇法嘅。殊不知，呢樣睇法，只係一種想像。

放下

查實，我哋呢班老人家，都叫後生過，後生嗰陣，都曾經同我哋啲老人家講，放低啦，而家到自己老咗，先知道咁樣講，係個想像，似撞到個好耐無見嘅朋友，得閒飲茶，係得個講字啫，係，講係好過唔講，都知咁樣講，都係一個安慰嘅動機。

一個老來時有子有孫，使錢都係使面頭嗰幾張，又行得走得，咁有錢，仲有乜要煩，同佢講放低咪掂囉。梗係咁係啦，就係錢先得嚟煩，可能煩到臨上天堂！唔明！近嘅係可能日日睇住個市，關心買咗啲股升定跌，遠嘅係啲身家嘅安排，點分法，使唔使搵律師嚟搞，定係唔好諗咁多，到時先算。咁我知叫佢放低啲乜啦！就係放低唔好諗啲財富，都係身外物！

放不下

跟你咁講，有錢都要煩，無錢又要煩開餐點算，咁咪好煩！係呀，仲有啲人，老咗仲手握權力，權力可以係商場上嘅，係家庭中嘅，政治嘅，煩點把持啲權力。仲有一種，老嚟就心煩自己個名，係名聲，日後點被人講，有啲咪煩去做善事，有啲咪煩去修補囉。講咁多，有一種人，唔會煩，係神仙！

真放下

噏咗咁耐，都未講到呢個話題同健康有乜關係？應該係同心理健康乜嘢事？老媽子而家係健康甲級中老，行得走得，同個世界打交道，就係靠努力，支撐佢生活落去，種瓜得瓜，同中國人嗰套，父慈子孝呢味。由初老到中老，見到種個瓜有個瓜，滿意啦。佢錢唔多，夠用，唔識字，無得用，煮乜餸，佢有權。佢嘅世界，我其實唔係好明，呢個唔重要，佢心理狀態，中國人話齋，兩個字，心安。

喺平台見佢同街坊吹水，話好煩，個仔話咗番嚟食飯又唔番，咁多飯，點算。人點會唔煩，神仙咩！

12

學做老人

　　人大了，係老了，有幾句，可能或將會掛上鈎，退休，病痛，健康，孤獨，衰老，你情願唔情願，排住隊嚟搵你。

病痛

　　人入了伍，跟住做陸軍，即係到咗五張，好快又到六張，即係初老，唔好以為前半生嘅架撐，可以幫你撐到人生盡頭，因為，嚟緊探你嘅傢伙，你唔使報名，佢亦唔會先嚟問你，或者先查下你乜乜身世，先來敲門，病痛，健康，孤獨，衰老都會嚟探你。其實後生嘅時候，佢哋都有嚟，不過，年青大過天，佢哋終於等到你初老，嚟敲門啦。呢個時候，好似細蚊仔，讀幼稚園，同一個起跑線啦。又不過，大家都有唔同嘅年青，所以步入初老嘅時候，都有唔同嘅初老形態同能力，咁呢啲傢伙，就有唔同嘅入侵啦，有啲會全軍而入，有啲係一兩味入嚟，叻叻嘅，就係門口敲門，入唔到嚟。但係，佢知道你前面仲有中老，有老老，佢哋唔會死心，會等。

鬥慢去終點

去到初老，係另一個起跑線，玩法唔同啦，鬥慢去終點，咦，有無搞錯，鬥慢？係鬥慢，能夠走到去老老，之後去埋老老老，咪叻囉，有啲初老都走唔完就到終點，有啲終點係中老，有老老。咁點樣玩呀？首先，要知道自己喺乜位置先，年青呢兩個字，係歷史嚟啦，抹咗佢，當然，仲有啲初老仲有年青味，咁咪睇住嚟燃燒，仲有一日，年青都係歷史，第二，接受自己乜嘢環境，有三高，咪睇住三高做嘢囉，當自己無三高，繼續玩年青，咁咪快啲到終點囉。第三，學點做老人，重點係個學字，學，有個意思係放低，係識放低，係能夠放低，重點就係心態，老人家世界，初老計起，到老老，有成三十年，唔學點識玩老人世界，靠年青嗰套玩老人世界，好快到終點。呢三步曲，好運嘅，用好運呢兩個字，查實邊有靈丹妙藥，教你應付病痛同健康。到衰老同孤獨，變咗你朋友，點同佢哋相處，先係終點前嘅功夫，兩個心魔朋友，藥要係心藥先得呀，三步曲第三步。

其實，上面一大堆，都係廢話，等如同個細路講，出面個世界好險惡嘅，小心呀。一樣，都係廢話。

13

打發時間

人大了，當人老了，好似時間多咗，唔使煮飯，唔使買餸，好多唔使，後生話：唔使啦。時間多咗，咁點呀，咪要處理時間囉，將時間打發囉，順口啲講，打發時間。

潮語

打發時間，係潮語，係呢十年八年先興嘅，不過，如果你問啲後生，佢哋會唔明，唔明？當然，每個字都識，好似我哋讀古文，每個字都知，但係，加埋就唔知點解，咁都得！講清楚啲，係後生無呢種感覺，所以，喺後生個群，打發時間呢句，潮唔起，佢哋不知幾忙，連過馬路咁危險嘅環境，都喺度工作緊，佢哋話睇住個手機係做嘢嘛。唔好意思，無講清楚，打發時間，係老人家嘅潮語，不過，幾十年前都唔興嘅，事因，嗰時老嘜都要幫手湊孫，都忙㗎。因為而家，做咗老人家，要湊孫，要先讀過湊孫班，先得嚟去湊囉，講真呀，仲有邊個老嘜仲去讀呀，題外話，湊孫兩個字，恐怕過多幾十年，都係古話嚟啦。所以，老人家聚會，都會講潮語，講打發時間囉。

潮語潮玩

呢句潮語，打發時間，點玩法？玩法係喺個潮語前後加嘢，例如，做乜嘢去打發時間？打發時間玩幾耐？係打發你嘅時間，定打發我嘅時間？開咗個頭，就容易啦。如果有人咁開始玩，用番嗰句開始，做乜嘢去打發時間？老友記就可以接啦，我去唱歌，我去捉棋，我去睇人捉棋，我去諗嘢，我去執紙皮，我去做保安，林林總總，你可以去玩你講嘅嘢，你可以唔跟你講嘅嘢，你可以跟其他人講嘅嘢去玩。如果，你加健康兩個字入去，變成，點可以健康啲打發時間？咁就有另一套啦，我去打太極拳，我去行山，我去諗健康嘅嘢，我去食健康嘅嘢，我去做保安，做保安？做保安，上落樓梯，咪當行山咁囉，我去執紙皮，咪住，執紙皮？執嘅過程咪係運動㗎囉！

專家話，潮語背後，都見到係一個文化現象，係呀，嬰兒潮嗰班，到而家，都係老人家囉。金錢，健康，興趣，體力，滿足，開心，時間，有嘅咪玩有，無嘅咪玩無。

14

使錢

人大了，老咗啦，係一個階段，講得老套啲，錢應該搵夠，如果話，錢點會搵夠喋，如果係咁諗，唔阻你。由細到大，搵錢大過天，好似唔使教，係人都知要搵錢，咁，錢有咗啦，點？

錢如何使

媽子，到了中老，口袋有啲錢，又唔算係好多，算叫做夠，咁，乜嘢叫做夠，我嘅定義就係，好似，想去飲茶，個茶壺總係有水，即係，佢個口袋，用個茶壺做比喻，入同出都好平衡，雖然佢無收入，但係都有一定水源入嚟。見佢用錢，幾乎同佢嗰輩人都差唔多，慳得就慳，可以負擔好一啲嘅，佢都係買平嘅，好難理解，佢哋用錢，要使錢，係要食，所以要使錢，如果有得食，唔需要使錢，錢就係留住，到最後，錢就係留低。我哋呢班初老，對錢就完全有唔同睇法，錢要使，有好多講法，錢要使得其所，唔使唔開心，金錢換快樂，總之，錢，係要使嘅。兩代人，媽子嗰代人話，都唔明白，點解你哋成日買埋啲唔等使嘅嘢，我呢代人又問，都唔明點解，佢哋唔使錢，又唔係無錢。總之，就係兩組字，要使錢，錢要使，兩個唔同概念。

洗唔晒

　　大瘟疫期間，走咗嘅著名影星曾江，佢就咁話，最好就係走時洗埋嗰一蚊，啲細路即係佢啲後生，俾意見得㗎啦，好過俾錢。幾好吖，有晒計劃。我問媽子，佢壺茶第時點安排，佢都無諗就話，遲啲先算，咁即係唔處理，唔處理都係一個處理，正所謂，到時先算。我都幾 buy 曾江嘅概念，即係下一代畀佢哋自己搞掂啦，一代人一代觀念，咁我壺茶，如果要臨尾嗰剎那飲埋嗰啖茶，難度好高喎，怕飲完嗰啖，仲未走得都幾係呀，我就有個諗法，不如搞個甚麼把戲，有興趣嘅有緣人一齊玩，咁我走先，就有人接手繼續玩，嗰台戲繼續唱。好多人都咁講：人在天堂，錢在銀行，財散人安樂，財不顧親。我就試下，駁落去。義散錢財，人在天堂，親人安靜。

　　錢，後生嗰陣，重要㗎，時間用嚟搵錢。老啦，時間用嚟使錢，如果，錢能買健康，我會用。

15

今餐食好啲

人大了，到了老嘅階段，都會注意飲食，尤其係出街食飯，所謂注意，係坊間講嘅兩少，少油，少鹽，如果係女生，少飯。點解？健康嘛！出街食飯，有人會講，今餐食好啲，呢句話，由細聽到大。

言語

我哋講嘢，同一句，今餐食好啲，字面清清楚楚，都唔使點解，咪係搵啲好嘢食，或者食得豐富啲囉，又有乜玄機？無乜玄機想講，係想話同一句話，時候唔同，大家對呢句有唔同反應啫，咦，又話無玄機，越講越玄！細個對好多嘢都無印象，但係對有關食嘅，有啲零零碎碎嘅片段，細路哥時，一家六口住板間房，即係而家話嘅劏房，板間房無廁所，無廚房，都知道嗰陣時食乜嘢餸，係罐頭豆豉鯪魚，我用知道兩個字，係記得同屋嘅李叔話，又食豆豉鯪魚呀，而家諗起，都合理嘅，廚房共用，食罐頭，簡單好多。再大個啲，四年級，已經住徙置屋，舅公請我哋四個化骨龍食下午茶，係樓下間茶餐廳，飲杯乜乜田，食個飽，開心到飛起。到六年級，家姐高材生，有個老師請佢又請埋我，出市區鋸扒，嘩，人生第一次食大餐。今餐食好啲，有，過年過節囉。

時代進步

　　我哋上面老一輩，經歷打仗，試過無得食。我哋呢代戰後嬰兒潮，窮過，有得食，兩代人都渴望放懷食好啲嘅日子，有啦，香港地，翻身啦，當電視播《網中人》時，香港地，可以食得好啲啦，跟住幾年，二三十年，今餐食好啲，變咗個常態，酒樓水缸放得最多係龍蝦，食咗二三十年，今餐食好啲，唔敢再講啦，試過無得食嗰班，食出個三高，即係唔健康啦，連戰後呢班嘅初老，都唔得話，今餐食好啲。戰後呢班初老中老，由有得食，到周圍食，物質見到由無到有，食嘢由粗糙到細緻，食嘢由香港食到香港出面，叫做由內面到見到世面，結果都一樣出事，三高，人哋話，係都市病，無錯，如果，還有人話要，今餐食好啲，得，先創造條件，先嚟行山，起碼要翻過八仙嶺，就可以話，今餐食好啲。

　　今餐食好啲，好，係指健康啲，健康，係指清啲，時代進步嘛！

16

晒健康

人大了，老了，會鍾意晒命，見親朋戚友，都玩晒命，恐怕講一次，已經夠啦，見到人都晒命，下次你出嚟，可能其他人都唔嚟，因為，唔想聽你晒命。

晒命

我有本事，靠自己，搵到錢，有功名，無呃無氹，自己打拼番嚟，咁樣晒命，有乜唔妥當？呢個唔係錯唔錯嘅問題，係合適唔合適嘅事。你諗下，廿嚟歲，你聽到人晒命，你會諗，咁都得，不如我都換跑道，去拼搏，試下囉，反正，仲後生。老人家，聽人晒命，諗下自己，唔係退咗休，就係差唔多要退，已經無時間換跑道，得個慶幸字，再聽，得個恨字，所以，同老人家傾偈，都係唔好玩晒命，至怕你玩晒命，遇著個超人李，搞得你仲無癮。不如，試下玩晒健康，下，晒健康都得，梗係得啦，老人家，梗有健康問題，乜嘢三高呀，又邊度痛呀，眼又矇耳又聾，總之，老人家聚會，少不了都講健康嘅問題，個個都講，個個都係專家，都話做乜好，食乜又乜好，所以，呢啲咁嘅飯局，都係你有你講，佢有佢講。

晒健康

　　其實，玩晒健康，呃唔到人，首先你行出嚟個款要有說服力，見到你腰板挺直，你話靠舉鐵，見到你唔使食糖，即係三高不侵，你話靠運動出汗，又聽到你中氣十足，你話靠心肺活動，又見你馬步紮實，你話係靠打太極拳所得，又見你上落樓梯，疾步如飛，你話靠踩單車得番嚟，呢啲咪係可以晒嘅健康囉，不過，要唔做開運動嘅人去做運動，超難，都係，聽完人晒完健康，就係咁先，唔會跟，雖然有動力去試，係完全無能力去跟。但係，玩晒健康，最有說服力的，是能從病中翻轉過來，呢度有幾種能力，首先要承認自己有病呢個認知力，查証自己病是從何而起的能力，改變病患的能力，呢個就係選擇如何治理的能力。我腰酸背痛六年，係打波沒轉腰所起，並不同意老咗就係咁，終於，選擇另類治療，好番啦，咁樣玩晒健康，好有說服力。

　　玩晒健康，個理念就係要你由有事到無事，點樣層層拆解到無事，無事到無事，無起伏，唔好聽。

17

日行萬步

人大了，其實當人老了，都知道運動重要，有啲人，就用步行當作運動，用手機幫你計住行咗幾多步，總之，越多越好越健康，我早一個站落車，行番屋企，我唔搭電梯，行上樓，步行變成咗健康嘅代名詞。

為行而行

見到班舊同學，話晒係舊同學，即係識咗幾十年，年紀差唔多嗰批，大家志趣唔同，我就由細已經周山跑，有啲琴棋書畫，有啲抽住桶金，仲搵緊第二桶金，約出嚟行山，我都未出汗，佢哋已經話攞命，一比，見真章。

邊個唔知運動有益，查實好多時間，都係老嚟嗰時，呢度唔妥，嗰度唔妥，先得嚟知道，同學飲茶聚會，我搭唔到咀，就係分享日行幾多步，佢話幾千，嗰個話兩日先夠一萬，最後行一萬嗰位，最威，好似考第一咁歡喜。睇佢哋講，口行一萬步係好難做得到，似小學生做功課，有邊個享受，俾老母迫住做咁樣。

愛上運動

細細個已經紮紮跳，而家啲人叫做好動，人家讀書時，你仲喺度玩，人哋努力搵真銀時，你又喺度玩，叫甚麼工作玩樂平衡，到佢哋退休時，想搵啲嘢玩，你其實無停低過，不過係玩唔同嘅嘢，呢樣叫，運動生活化，講得入肉啲，即係運動上咗腦，無得救。運動上咗腦，代價唔好話唔大，讀書成績，唔包尾算好

彩，出去度假，只得揀飛廉航，退休之後，人哋跟五星團，你爬五千高山，都要自己孭啲行李，為因挑夫挑行李，唔孭得咁多。

玩步行

見到唔慣運動嘅人去運動，好難開始，就算開始咗，好難持續，車，咪唔運動囉。總有啲人，一世人唔郁嘅，都好長壽，仲係行得走得嗰樣。但係玩步行嗰啲就係健康出了問題，終於有個道理去運動，願意唔願意，都要玩步行。咁行兩步啫有乜好，留番畀啲運動科學嘅，科學啲講乜嘢好，簡單講，用個玩字，已經有吸引力，至起碼有個對象，乜你講咗去邊，乜對象？對象即係玩乜嘢囉，步行咪係個主角囉，退咗休，無乜嘢諗，去玩步行，咪至好，有個興趣，諗起都開心，好過日日坐喺度，講明係玩，咪搵埋人一齊玩都得。

啲豆丁，細細個學行路，大人咪話，我哋鬥快行過去，睇邊個最快，咪係玩行路，而家，玩步行，其實，無大分別，都係，玩。

18

運動傷身

人大了，老咗，想搵啲運動做下，點解？想健康囉，邊個都知，做多啲運動，人都健康啲，但係，點解，有啲運動，好似越做越傷，早知，唔做仲好。

運動

運動，應該話，做運動，我有兩個睇法，一個係搵啱你嘅運動，第二，係要識去點做，準確啲講，係要識，有啲嘢去做。你咁講等如無講，點會搵啲唔啱嘅嘢玩，都唔合邏輯嘅。講得無錯，無錯係有啲人，真係搵咗啲唔啱佢玩嘅去玩，結果，傷身。嗥，搵個例嚟講，講舉重，咪住先，舉重，根本係唔啱老人家玩㗎嘛，我哋先放低呢個疑問，玩舉重，重點係，要識去點玩，要識有啲乜嘢唔好做。都講過有個老先生，八張老人家，喺健身室，有個教練跟住佢，半年後，見到效果，以前入嚟腳震震，而家實步走，以前眼無神，而家氣定神閒，半年初有成效，兩三年落嚟，判若兩人，做雙臂離空上身支撐，兩分鐘，無問題。同期，有個初老，自己去舉，見佢係想去舉晒成堆鐵餅，兩個禮拜無見，佢返嚟再玩，偷聽佢講，話傷咗條腰。呢位初老，以為舉晒成堆鐵餅，叫做舉重，有啲嘢應該做，有啲嘢唔應該做住，咪叫識，同唔識唔做。嗰個教練話：後生唔識玩，玩到上身勁，下身香雞，成個不倒翁咁。老人家自己去玩，最基本係要學唔傷身。所以，市政玩舉鐵，無學過唔畀入場，都係保障你好啫。

講番嗰個初老舉鐵為例，見佢兩三個禮拜番嚟，佢都係以舉晒堆鐵為目的，舉鐵就是如此，睇嚟佢受傷之後，無改變佢對舉鐵嘅睇法。舉鐵是健康嘅，偷聽佢講，佢差唔多每日都做，因為健康，所以，做多啲，有益。教練話，肌肉要休息，舉完，肌肉受到壓迫，肌肉要適應，休息，調整，強化，每日都做，事倍功半，佢仲話，教練好多時，佢講得好多，係，夠啦，唔好做咁多，唔好做住先。做運動，個過程，有個唔做嘅道理。局外人，真係，越做越傷，唔做好過做。

　　運動，唔係健康咩！經常聽到：老咗，唔好去舉鐵，唔好去跑步，總之老咗，唔好去運動，傷身。

19

鬧交

人大了，老了，都試過鬧交，起碼都見過人鬧交，鬧交，當然係同人鬧，但係，有無試過，鬧交，係同自己？咁奇怪，係咁荒誕，邊有人會同自己鬧交！

最後嗰句

鬧交，一般畀人印象，都係會傷身，係，會影響情緒，當然係啦，鬧交最搞笑嘅地方，其實係邊個鬧最後嗰句，講最後嗰句就係贏，有啲人，一路走，一路講，就係爭取鬧最後一句，最傷嘅係，鬧完交，諗下諗下，應該咁鬧，而家無機會，越諗越燶，仲更加傷身，傷心。我會問，咁鬧完交，有乜收穫，都好怪啊，問有無收穫？好，我哋一層層去講鬧交，鬧交，其實最終係解決問題，應該咁講，係想解決問題嘅方法，兩公婆鬧交，都係想說服對方，不過通常，都唔係和氣收場之嘛。鬧交，見到有啲人，講來講去，都係嗰句粗口，其實，粗口都有好多選擇，點解，就得嗰句，鬧交，鬧完之後，可能會發覺，有好多說話，可以用得到，咁咪去進修下鬧交嘅詞句囉，起碼，聽人鬧交都有啲趣味吧！當然，呢啲都係笑話啫，不如，鬧交前，問一問對方，你其實係想解決問題，定係想鬧交？

鬧人

　　如果，你都同意鬧交係去解決問題，咁，鬧交嘅場面就可以係激烈嘅對話，到激烈嘅商量啦。你可能會改觀，擁抱鬧交。正所謂，不如意事，十常八九，有啲嘢，可能你自己都嬲自己，想鬧人，其實都係嗰句，想解決問題啫，正所謂，事情唔發生都發生咗囉，咁可以點？有啲嘢衰咗，你控制到嘅，咪當件事係塊鏡，有啲嘢，真係你都無能為力嘅，你咪鬧自己，點解係咁，點解發生喺我度，唔係其他人，好唔公平啊，你鬧下鬧下，其實，又係好似同人鬧交咁，睇下你自己有乜喺個袋度囉，即係話你收埋嗰啲最埋嘢，擺咗喺最深最深嘅位度，佢就會走出嚟，你就會同意，都係咁啦。正所謂，鬧交係最後嗰句贏嘛！命運就係咁啦，係主你嚟安排啦，天要考驗呀……

　　其實，鬧交論輸贏，自己同自己鬧交，係自己鬧自己，不是論輸贏，也不是論是非，對錯，是論，心安。

20

骨質疏鬆

人大了，尤其係人老了，骨質疏鬆都係要注意嘅健康問題，用醫生經常咁話，小心唔好跌親，老人家骨質密度都差，跌親都會骨折，有排醫。

一刀切

香港地，講效率，唔好聽，叫急功近利，總之，有乜事都好，唔好唔處理，執生，搞掂。就係咁，香港事，向前，一切向前，然後，有一套效率嘅口訣，有一套事情嘅處理口訣。病咗，去睇醫生囉，有三高，有好多嘅唔好做啦，老人家，骨質疏鬆，唔好出街啦。外母，身體有問題，都去打針，後尾先知道，打嘅針係類固醇，隻手變晒形，有一日喺外家食飯，外母話，其實係個西醫話，骨質疏鬆，唔好出街啦，跌親，有排醫，之後，外母唔出街買餸，唔煮飯，我哋又少咗番去食，外母開始長期臥床，外母跟住入院，走埋嘥，六十幾咋。咦，講咁多，想投訴？唔係，後生時候，都叫啲老嘅唔好乜唔好物，只係到自己老咗，時間用嚟消遣，多咗時間諗嘢，又諗起一句，以前睇跑步嘅書，咁講，人並不是跑步而衰老，而係停止跑步才衰老，講咁多，口痕啫！

刀都有兩面

媽子八十幾歲，仲落街買餸煮飯，喂，咪住，唔孝順喎，唔識講。呢幾年，落街都見到，幾個婆仔，分地盤，唔係打交分地盤，係執紙皮，起碼見到三五年，個款好似無乜點差咗，真係慘囉，咁老仲要執紙皮，唔識講。後生時同啲老人家，講唔好乜唔好物，都係為佢哋好啫，係嘅，果陣忙嘛，叫佢哋唔好做乜，嗰個都咁講㗎啦。真係好多嘢，人到嗰個歲數先得嚟明白，事情唔係得一個方案。其實，講咁多，人會後生，會老，後生講後生時嘅諗法，好自然，老咗對自己後生講啲嘢，轉番條片睇番，都係好自然。細個睇完戲，話好睇，有排講，點好，點差，你講佢又講，而家，網絡睇，兩個揀，手指向上同向下。香港地，起初睇黑白電視，到而家好多人都唔知乜嘢係黑白電視，而係，睇世界，唔係黑，就得個白。

老媽子，出街食飯，主菜係美點雙輝，我同佢講，食過就好，佢都明，見好就收。

21

資訊健康

人大了，係年紀大咗，體能都會下降，心想搵啲嘢補下，總有啲鍾意講健康嘅朋友，喺左近，以前無乜心機聽，而家可能唔同，飲茶時，隔離張枱，有人講食乜好，都會豎起隻耳仔去聽。

年代道理

有啲健康嘅資訊，起碼聽咗十年，話食呢樣好，嗰樣掂，飲茶就話要飲一種，唔好溝茶，普洱加菊花，飲咗會甩頭髮。最近呢個年代，食雞蛋，唔好食個蛋黃，超高膽固醇，最近，坊間又話，食雞蛋，千祈要食埋個黃，好有益。你話點跟？咁邊樣至啱？而家網絡時代，仲方便，好多樣有益嘅嘢，林林總總，睇到人眼花繚亂，真係唔知點跟喎。如果你一向都唔理食乜有益，唔食乜又有益嘅，無得煩。而家煩嘅係，唔知幾多年之後，又有個專家出嚟講，食雞蛋唔好食蛋白，或者，原來真係食雞蛋，唔好食個蛋黃，係呢樣先得嚟煩。咁都煩，咁唔食雞蛋咪唔使煩囉，係得，不過你唔明囉，我係舉一個雞蛋做例啫，仲有千千萬萬嘅食物，咪煩呢樣囉。簡單啫，唔好信專家。

唔好信專家

唔好信專家，或者咁樣講，信真嘅專家，嘩，越講越複雜，唔識分真假專家喎。不如，咁樣講，食雞蛋唔食黃，係十年專家講嘅，咁我哋去搵啲廿年專家，咪比十年仲好，似飲普洱茶，越舊越好，如果咁係正確嘅，咪去搵超過廿年嘅專家囉，按呢個方向，你話阿嫲嗰套咪超過廿年囉，不過佢唔係專家。其實，講咁多，係清清大家嘅思緒，有啲嘢，遠在天邊，近在眼前，係你當佢無到啫，前人嘅智慧，超過晒唔知幾多個廿年。就係不偏食。選擇不偏食，意思係有益嘅嘢，都要不偏食，唔好食咁多，係適量，日日食人參，都唔掂啦，咁無益嘅嘢，都要食？首先要搞清楚，食物同藥，係講食物，能夠仲喺度買得到嘅，都有佢存在嘅價值，可能係你鍾意食嘅嘢啫。咁樣，食雞蛋咪係食雞蛋囉，正正常常，唔使理專家點講。

專家講健康呢件事，都係近代嘅事，選擇唔聽專家點講，揀前人嘅智慧，不偏食，其實，選擇呢個決定先至係真智慧。

22

蝕底

人大了，到老了，蝕底呢句說話，好似到而家，啲人講少咗個字，細個嗰陣，阿媽話，做人最緊要，唔怕蝕底，到而家，係少咗個唔字，怕蝕底。

舊陣時

我哋出世係嬰兒潮，周街都係細路，搵食艱難，住喺徙置區，周不時有糖水食，唔係阿媽煲，隔離煲紅豆沙，裝兩碗過嚟，我哋煲，又請番人食，真係，有得食紅豆沙都係大陣仗，大家互相幫忙。媽子要過海交珠片衫，叫隔離幫手睇住我哋，讀書唔得，出嚟做嘢，靠人事，做學師仔，唔怕蝕底，係咁做，係爭取個機會學嘢，早啲學成做師傅，幫補家用。嗰陣時，蝕底係一個向上前進嘅嘢，誇張啲講，係踏住蝕底上，那裏有蝕底，往那裏去。回想起嗰時，大家都唔太講蝕底呢兩個字，十幾歲仔，先得嚟離開住嘅地方二三公里，靠老豆講嘢先得嚟知道世界有啲咁嘢，另一個就係聽老師講，後尾有咗電視機，原來世界又係咁㗎！出嚟做事，前輩就矜貴啦，靠佢哋叫我哋做嘢，邊有蝕底呢個概念。嗰陣時嘅香港地，百廢待興，日日都係新鮮事。

怕蝕底

　　變，電視有套劇，要趕返屋企睇，叫《家變》，晚上開始播，條街行人都少咗，企喺街邊睇，應該叫追劇，變，香港開始變，正常嘅，社會進步嘛！有人開始有錢，有錢，人就多咗嘢諗，套劇，講呢樣。當時嘅社會，都係咁，錢多，諗嘢就會多方面。有咗錢嘅人，或者見到有咗錢嘅人，諗嘢同以前無錢唔一樣，行唔怕蝕底呢條路，有錢咗啦，原來有條路，都可以有錢，係唔做蝕底嘅嘢，當然仲有人認為應該，做人要唔怕蝕底，終於，怕蝕底，贏咗。時間又走到而家，你要行「唔怕蝕底」，唔好意思，唔係人人做得到，舉個例，大家去過酒樓食飯，見到個侍應，幫我介紹有乜好，想訂兩圍，阿水生日，侍應叫部長做，無問題，如果，侍應親自介紹，仲最後跟你落埋張訂，侍應係蝕底咗去做，背後，其實睇到係侍應用咗經理嘅能力，去接呢張單，之後，佢做咗經理，你唔會奇怪，蝕底其實係反映出，一種能力。

　　做善事，睇落係蝕底嘅事，可能要畀錢出去，可能要付出體力，你能夠蝕得底，因為，你有財富，因為你有健康，因為，你有善。

23

擔心

人大了，老咗好多，外表上睇，可能比實際年紀仲要大，點解，擔心囉，係長期都擔心，擔心自己，擔心人哋，擔心啲嘢。

機制

唔好咁擔心啦，相信都聽唔少，自己都講唔少，其實，係對件事無用嘅，見到人擔心，都會講一句，唔好擔心。有啲似，得閒出嚟飲茶，其實，係唔知點樣去開解對方。再諗深一層，有時，唔講唔好擔心好過講，當事人，聽到你話唔好擔心，你咪係唔係同路人囉，都唔明白我情況。有時，你見到有啲人，遇到咁嘅事，其實佢應該擔心，但係佢無表現擔心，咁你仲擔心，係擔心點解佢唔會擔心。講到呢度，重點出咗嚟啦，擔心，其實係一個信息，有個事情，或者處境，有危險性，需要處理，好多人，當擔心出現喺個心頭時，就停咗喺個擔心度，擔心完一輪，又擔心下一輪，就無去搵方法，去處理個問題，處理先係重點。我遇到好擔心嘅朋友，通常，我唔會同佢講，唔好擔心，我反而叫去繼續擔心，我話，如果一直擔心落去，

可以能夠解決問題嘅，咁咪一路擔心落去囉。

唔擔心

我遇到問題時，首先問，呢件事，我究竟要唔要擔心，唔要，點解唔要，因為擔心解決唔到，嗰時打工，成日都有煩事，臨放工，收個電話話乜乜，你想搵人都搵唔到，結果煩到返到屋企，再諗，聽日開工打個電話處理，所以，唔使擔心，以後，收工前，收個煩嘅事，當燈掣熄咗佢，聽日先算。有啲野，又真係要擔心，再諗深啲，係要處理，咁就變咗係處理方面嘅擔心，一層一層咁拆落去，拆嘅方法好多，人嘅問題，事情嘅問題，時間嘅問題，時空嘅問題，又或者，唔處理都得，等等。所以，我哋要理解擔心嘅係乜嘢嚟先，如果同意，擔心係一個保護機制，讓我哋進入另一個解決嘅機制，如果，讓擔心變成一個習慣，有一日，你應該問，今日食乜餸，變咗，我今日應該擔心乜？

不過，有一種擔心，變不了，媽子擔心仔女嘅事，或者，唔好用個擔心兩個字，牽掛。

24

著多件衫

人大了，當人到咗老嘅階段，都要照顧自己，或者咁樣講，要學識照顧自己，遇上冷天，都會著多件衫，道理好簡單，保溫，唔係凍親就唔好，都係常識。

關心

有一日，收音機送來一段說話：全職阿媽，送個女返學，到學校門口，同個女講，今日天氣凍，著多件衫，望住個女入學校，電話響，係佢阿媽打嚟，阿女，今日天氣咁凍，著多件衫呀。阿媽，我都咁大個人，曉㗎啦，唔好咁煩啦，收線。跟住，全職阿媽，眼角開始滲咗啲水出嚟，係淚水，佢啱啱先同個女，講佢阿媽啱啱講嘅一樣，叫佢著多件衫。著衫，著多件衫，似乎，並唔係一個動作咁簡單，係一個關心。如果係咁，以後有人叫你著多件衫時，你唔好話佢煩，你答佢，多謝關心。按照咁樣話，著多件衫，後面個動機係關心，會唔會有一日，天時好熱，你會喺街度，聽到啲後生叫佢阿媽或阿爸，著多件衫？

細水長流

　　香港地，真係有一套自己嘅文化，得閒出嚟飲茶，當然，真係想話遲啲見咁嘅意思，但係，好多時，係一種講再見嘅軟性語，又好多時，人哋講遲啲飲茶，其實係講再見，你就認真以為有下文，咁就傷身啦。其實，好多嘢，變咗都唔知，好似有個主宰咁，譬如，邊有細路哥會鍾意食苦瓜，點知到佢中年，不知幾鍾意食。講番著多件衫，細細個係出自阿媽把口，成日叫你著衫，點知到你中年，你會好自然講同一句話，呢件事，真係有趣！人係有感情嘅動物，人大咗，人老咗，對感情嘅嘢，遠遠超過對物質嘅要求，物質唔係唔重要，有感情嘅支撐，人會走得好遠，只靠物質嘅支撐，走得唔遠又無味道，喺銀行轉唔知幾多個零畀你，叫你自己去買件衫，梗係想聽到有人，叫你著多件衫啦，係一種心靈嘅安慰，更窩心。

　　人再老啲，叫你著多件衫嘅人，唔一定係親人，會係朋友，係鄰居，係社工，係醫生。不妨，有能力叫人著多件衫時，多講。

25

做個懶人

人大了，知道自己老咗，睇番轉頭，問自己幾十歲人，做得最多係乜？係做咗一個懶人，可以話，成世人，好努力學做懶人。

嘆世界

我成日俾人話，成日喺度嘆世界，咁咪幾好，可以嘆世界，即係放得低啲嘢，畀時間去嘆世界，如果唔係，時間就去咗煩呢啲煩嗰啲，人活得舒服，舒服咪係健康，其實，一直以來，都係舒服呢個感覺好鍾意，咪去追囉，無諗過會同健康扯上關係，人老咗，應該咁講，精神健康唔錯。香港地，出嚟做嘢，係搵食，都係必經嘅階段，打份工，有晒工作內容同指標，好多時，就係睇指標嚟做嘢，後尾做 sales，就係睇條數嚟做嘢，做到個數，之間嘅時間點分配，我就有自主權，就係我嘆世界嘅時候。頭兩年出嚟打工，都係用返工時間去學車，搞到夜晚黑唔識揸車，因為學車都係大白天。後尾都升下升下，做咗個小老闆仔，為咗可以多啲時間嘆世界，出盡牙力，搵個新產品番嚟賣，舊嘅產品無錢賺，扰咗佢，新產品好好利潤，夠三二年嘆世界，遲啲又搵個新嘢番嚟，繼續嘆世界，呢個公式唔錯，維持到我選擇同公司講拜拜，退休。

玩都要嘆世界

有跑步比賽，要練習都辛苦㗎，為咗可以嘆世界，咪諗下有乜空間，有，改下自己個跑步姿勢，買咗兩本跑步書，專心改善跑姿，咁咪唔駛操咁多，同一個效果，多出嚟嘅時間，去嘆世界。打網球，同一道理，都有得嘆世界，就係你個對手不停咁走，佢回嘅波唔會辣，你咪可以輕鬆回球，又有得嘆世界。不過，要得嘆世界，都要花啲時間，操練個技巧，計一計數，花啲時間，提升自己，換來係長期有得嘆世界，值。成世人，就係咁，諗點樣可以慳啲用力，慳啲用心，用心？係吖，同人相處，講得清清楚楚，想呃你啲錢都講埋，係同啲客講，有好嘢，想呃你啲錢。同老細講，咁做唔得㗎，不過你係老細，跟你做，有事唔好話我。同個細講，做到條數，話之你，我當年都係咁，啲嘢清清楚楚，個心留啲空間，畀個心去嘆世界。

做咗一世懶人，啲嘢講咗，懶得理，要做就做咗佢，懶得日後要寫，後悔兩個字，老咗，仲要，加把勁，學做更懶。

26

感覺良好

人大了，是老了，都經歷過大半世人，如果未退休，可能都差唔多，應該，甜酸苦辣，都試過，當然，感覺良好呢個感覺都試過，咁，感覺良好，同健康有乜關係？

低迷當度假

大家都會同意，人係群體嘅動物，每天都要同人打交道，最起碼要同屋企人互動，真係，落街買條菜，都免不了與人接觸。香港瘟疫期間，有幾段時間，無得落街飲茶，老媽子話，個人好似傻咗咁，點解？無得同茶友吹水，講嘢都少咗好多，真係瘟疫個排，不知香港地，有幾多人憂鬱，憂鬱梗係唔好嘢啦，心情差，沒心機做嘢，連去玩都唔想，跟住食又無癮，中醫話齋，搞到個人肝鬱，好似入咗個死胡同，越轉越低。講得唔好聽，邊個想咁呀，係，明白嘅，同意嘅，人總有低落嘅時候，係低落嘅時間，知道自己喺個低位度，咪當去咗度假，始終都要番嚟，做番自己。不過，都係嗰句，講就容易。

一個初老笑談餘生

習慣

　　問一句，做人咁耐，總有試過感覺良好呢個感覺嘛，應該有嘅。人生在世幾十年，日日同人打交道，時時刻刻做決定，我哋嘅面前，不知要做幾多選擇，譬如，去買條蔥，咪住先，邊有人會買蔥嘅，梗係買菜時搭條蔥，噂，呢個咪係選擇囉，你選擇買菜搭條蔥，要你出聲先送條蔥，同唔使出聲送條蔥，邊個你會感覺良好？梗係菜佬自動送過癮啦。

　　人，群體嘅動物，人同人相處，好多人都話難，打工仔，睇老闆面色，到而家，老闆，都要睇員工面色，總之，出得嚟行，都係難。

27

朋友

人大了，到老嘅時候，朋友用市儈咁去講，朋友係一個資源，同你老嚟去玩，家人係家人，呢個關係無得變，朋友，老來，叫朋伴，老咗啦，朋伴，有幾多？

朋友

呢兩個字，好空泛，做人幾十年，兜兜轉轉，學生哥嘅，職場嘅，街坊嘅，學習嘅，玩嘅，人連人認識嘅，林林總總，未有統計過，粗略都不下幾百人，有啲只見幾次面，有啲功能性嘅，有啲利益關係嘅，有啲同一活動嘅，有啲同一興趣嘅，有啲心靈雞湯嘅，有啲由細到大嘅。人生中，換工作，換興趣，有一大班朋友，條件唔同咗，自然流失，又有另一堆出現，好自然嘅事。刻意疏遠一個朋友，記憶中，揮之不去，認識朋友乙係通過朋友甲，朋友甲係多年朋友，佢有啲事情發生咗，朋友乙同我講朋友甲啲嘢，朋友乙係我同朋友甲之間，輾轉講咗我哋觀點，係咁，同朋友甲疏遠咗。後來先諗番，成件事同朋友乙無關係，我同朋友甲事後再講番，最後，同朋友乙離好遠。

朋伴

　　老咗，發覺朋友能成為朋伴，好似，一個大箕箕咁，西下西下，西剩出嚟，就係朋伴。查實，人同人之間嘅感情，邊有得嚟咁講，問下自己，識得最長遠嘅朋友，而家仲係朋伴嘅，有幾多？又最近係朋伴嘅，又係識咗幾耐？人會變，大家都咁諗，咁相信，唔好忘記，自己都係人，即係自己都會變，宏觀啲講，價值觀都會變啦，細細個嘅老友，見番面，傾兩句竟然唔對嘴，唔好介意，大家都變咗，雖然，一齊讀中一，嗰時攬頭攬頸，幾十年人事世故，再聚，咪叫一聲花名，笑一笑，都唔好強求當年啲濃情啦。其實，老嚟見面嘅朋友，都唔會一面倒，同你百分白超啱傾，呢啲，叫知己，行山嘅朋友，都唔會講心事，打波就打波，人都有自己唔同嘅面向，邊有朋友又啱傾又啱打波行山吹水又食波蘿油，又唔鍾意食零食，又唔鍾意乜乜，有，你自己囉，所以，到頭來，你都會有個伴，你自己。

　　啱玩嘅，見面舒服，感覺良好，唔使之後講是非嘅，我叫，朋伴。

28

養老

人大了，真係老啦，都會諗，再老啲點算，其實，無得點算，為最壞做準備，心情放開，見一步，行好一步。

中老

而家係由初老到中老嘅階段，一直嘅運動，都會照玩，主要係鍾意打波。而家睇世界，都係靠對腳，行山睇山河川流，跑步嚟保持體能，踩單車，以 16 公里速度遊世界，可以做到幾時，唔知，總之，力不從心嘅時候，就停，轉去坐車睇世界，或者，坐大船遊世界，喺山腳，用隻眼睇山川。時間到，唔會勉強，會接受，接受另一種老嘅形態。

老老

後生，好嚮往住大屋，最好有兩層，另一種力不從心，總有一天會嚟，可能，行路，已經變成功課，每天都要行多少，因為要血液循環好啲，有兩層樓，可能，樓上，根本唔會再上去，係無能力，一二千呎嘅空間，活動能力可能係得二三百呎，其他幾百呎係可以望到嘅空間，唔會打理，係無能力。到呢個時候，幾十呎空間係合適嘅空間，有人煮埋畀你食，妙。趁有時間，早啲搵定間你喜歡嘅老人院。

養生，養老

趁初老，學習定點樣靜，總有一天，你唔想靜都唔得，靜有靜態嘅運動，嘟手嘟腳嘅手腳操，嘟手嘅寫字，唔嘟手用眼都得，睇書，睇景，睇戲，睇博物館，睇人都得，唔嘟手唔嘟眼都有，嘟口，吹水，食嘢，讀下書，仲有一樣，諗嘢，文藝啲叫思考，諗下有乜嘢諗。呢啲，唔係三時一刻做得到，要養，養成習慣。

伴

人係要群體活動嘅，唔係同人有啲互動，真係會變傻人，瘟疫期間，大家都有體會啦。在世咁耐，見嘅人真係唔少，識到嘅人都唔少，到老嘅時候，同你係同事叫同事，朋友叫朋友，親戚叫親戚，親人係親人，兒孫叫兒孫，有伴，先得嚟有趣，有老伴，有友伴，心靈有溝通，才有力，才有味。所以，老人話齋，邊個走先邊個幸福啲，如果唔係，老人院個阿乜，會係我個「伴」。

老土啲講句，走嘅時候，可以自己瞇埋雙眼，咁都叫幸福。

生命，就是如此。

幻篇

1

老的想像

　　人大了，知道自己老了，會唔會恍然大悟，原來老係咁嘅，後生時，都知道人會老，後生時，老，覺得好遙遠，老，只得一個想像。

捉棋

　　屋邨，唔難見到好多人喺度捉棋，唔使望真啲，都見到係一大班男人，係一大班老人，一大班老男人，呢個情景，後生到而家都見到，見到嘅，係一大班老男人，喺屋邨樓下捉棋，我已經係初老，都一樣見到同一個情景。呢一個情景，就係後生時對老嘅一種想像。咁，係咪想講老咗去捉棋，所以要趁後生，先學捉棋？唔係想講呢樣，而係呢個捉棋影像，實在太深刻，細細個都已經覺得，老咗好似就係咁，或者，做男人，老咗就係咁。其實，我相信，見到咁多老人家喺樓下捉棋，我哋唔會覺得好怪，或者會有個問號，點解？所以，老，好似就係咁嘅形態，深入人心。講咗咁多，有樣嘢大家一定睇漏眼，其實好多老人家捉棋，呢句話唔係太準確，應該咁話，好多老人家喺度睇人捉棋，捉棋，係得幾個咋，好多老人家，係唔識㗎，係得過睇咋。

推理

　　踏入初老，前面仲有中老，老老，問前面嘅老會係點，其實，我無答案，我唔知，如果要講，又係得一個印象，係睇電影電視，無現場見過。就係住喺護理院，瞓喺張床度，要人照顧，呢個影像太深刻，呢個就變成咗老咗之後會係咁嘅印象。所以，由後生到而家初老，都唔想老咗之後，得個瞓喺張床度，乜都要靠人，而家叫呢種生活，叫做無尊嚴。所以，個潛意識都同自己講，日後千祈唔好咁呀，做多啲運動，咪可以避過呢個劫囉，雖然，我由細都鍾意運動，加上對呢個老嘅想像，又增添咗唔少動力，更加努力運動。其實，前面嘅老，邊有得估計吖，唯有係做好目前嘅事，保持對自己身心兩面嘅觸覺，感到身體出毛病，哪怕係小事，趁早要確定係乜事，及早處理，如果係心理嘅事，及早面對佢，又係要及早處理。雖然，日後日子點過管唔到，管好初老等如管好未來嘅老。

　　人，老了，能接受自己老了，已經是了不起嘅態度，還有前面嘅老要走。

2

聚會

人大了，都經常有聚會，婚宴，朋友吹水食飯，屋企人過年過節，大瘟疫期間，聚會，當然減少好多，但係，呢樣聚會，去咗九次咁多。

婚宴

出嚟做嘢幾年，開始多出席婚宴，朋友間都係差唔多年紀，正所謂到咗談婚論嫁嘅時候，都唔止去飲，會幫埋手做兄弟，跟住到自己搞婚宴，前後廿年，去飲由多到少，跟住又多番啲，公司同事結婚，同事個仔結婚，朋友個仔結婚，親戚個仔結婚，同學個仔結婚，到退休，紅事又多番好多。跟住，又見到，兩代人變三代人，有啲，三代變四代。徙置屋拆咗之後，媽子有間自己屋，咪搬埋去住，住自己屋都廿年有多，搭轆上上落落，見極都係嗰班街坊，有啲後生嘅，最近都見佢哋拉住個陌生人，即係紅事之後啦，有啲，見嘅時候係豆釘，而家都差唔多，可以搞紅事啦，我隔離就由三代住到四代同堂。

另類聚會

退休同時，紅之間，又開白，即係白事又嚟啦，自己嘅上一輩，朋友嘅上一輩，連街坊日日見，咦，你阿爸好耐無見嘞，係呀，佢走咗啦。問一問自己，都入咗初老，白多紅少都好正常嘅，大瘟疫時候，九白五紅，結果五紅得兩紅，三紅無得搞，九白照搞，數一數，朋友上一輩四開，親戚上一輩兩開，同事兩開，朋友一開，共九白事。白事聚會，見番啲人，當然亡人唔計啦，都有同一現象，歲月不饒人，年青變初老，初老變中老，中老變老老，有例外，初老看似老老。呢類聚會，時間唔長，但係，去完之後，會感到時間已經行咗好長，你個表妹，做咗人哋阿婆，成棚咁多人，足球隊咁嘅陣容，叫聲表叔呀，你再細一輩，應該叫，舅表叔吖，叫得啱唔啱唔重要，我完全知道，我係老了。老豆唔係到，仲有媽子，男家呢邊總算係，仲有個老人家喺到，仲會撐起幾代人嘅聚會。我明白，跟媽子拜山，佢嘅阿爺阿嫲，我已經無感情，所以，有人話，四代人，係咁先。

一代人，走到三代尾，世界，已經係另一個世界啦。

3

共享

人大了，老了，知道前面嘅路，會係咁，都想先安排，一個人力量有限，不如，一齊嚟啦。

無著數

香港地，有著數係一個驅動力，香港人，好識計數，搵個教練教打波，一個對一個，幾舊水，打一個鐘，玩一次，無傷肝，若果時時咁玩，都幾傷財，咁咪最後搞出個花款，一個教練同時教幾個人囉，又有得傾計，又平少少，有著數。我綜合老人家，做唔到乜，然後試下諗條計，拆掂佢。老到出唔到去睇醫生，喺屋企死咗都無人知，想搵人整啲嘢都唔知搵邊個，第時清明重陽，怕無人嚟裝香。嗱，而家出面都有乜嘢老人院呀，係裝香單嘢無得搞喏，頭幾項都有得服務。咁，再高級啲都有，叫乜嘢老人住宅，有間單間畀你，樓下有醫療室，有得叫伙食，都係無得同你裝香囉，好似話都幾貴喫，梗係啦，個醫務室，你用唔用都有醫生喺度嘛，等如個屋苑有會所，你唔用錢照收一樣。咁，無著數㗎！

一齊嚟

　　我哋先分析呢個老人市場，老人由初老到老老，三十年壽命，驚住上面講嗰啲唔想見嘅情況，都係老老時先嚟啫，咁咪一於用夾錢用一個教練教幾個，咁嘅一條橋咪有著數囉。而家，就算你有細路，細路都幾十歲，老人家眼中都係細路，佢哋唔係喺香港，就唔知去咗邊度，大瘟疫期間，有啲咪返唔到嚟，又話返唔切嚟，所以，有無細路，當無咗嚟做，安心啲囉。搵幾個老友，加埋多一啲老友，十個八個，住得近最好，就好似而家啲細路咁樣，日日都有安排，唔係跳舞，就係拉乜乜樂器，又學呢樣果樣。星期一，搵個大夫上嚟，大家一路吹水，佢一路睇症，搵埋個姑娘嚟幫手煲藥，星期二，搵個助理上嚟，睇下邊個間屋有嘢要整，助理安排跟進，星期三就有個人上嚟陪傾計，之後係西醫日，之後係娛樂日，有隊人上嚟唱歌娛樂大家，總之日日都有安排，身體嘅，心靈嘅，呢班餘老，有的是錢，每日行唔到兩公里路，嚟個共享，唔知幾正。

　　查實，邊有自己嚟搞共享咁簡單，只係一個砌出嚟嘅夢嚟啫，人走到餘老，恐怕連簽番自己個銀行名都有問題，共享，天堂會有！

4

做個傻人

人大了，老了好一陣子，會覺得個世界好似有啲唔同咗，點解？好似用番一直嗰套法寶，有啲好用力，好似做個傻人，好嘥力。

傻人

叫人做傻人，唔係稱呼嗰個做，係做嗰個做，邊會有人跟吖，香港嘅，遍地老千，千祈唔好俾人呃，由細到大，聽唔少，你傻㗎！呢三個字，係講緊一個戒備狀態，唔好做傻仔，所以，唔會有人真係跟去做傻仔嘅，不過，係將件事調返轉講啫。傻嘅對面，係精明，呢兩個字就緊要囉，沒有最精明，重要係更精明，意思係精明可以跟你一世，一句俗語，有無著數先，著數，可以誇張啲講，革命都得，有 so，可以調動千軍萬馬，跟住去攞 so。精明會係精神上都有，朋友搵你著數，絕交都得啦，係都搵個傻人搵著數啦，搵我著數，咪當我係傻仔，呃我錢都唔係致命，做傻仔會俾人笑，好大件事㗎。所以，就算老咗，都要防人搵自己著數，繼續要保持精明，唔淨係物質上要防，一切嘢都要防，你咁樣對我，唔得，唔公平！你咁同啲朋友講，唔畀面我！你咁樣諗我，唔啱！

我嬲，我怒，絕交，我講衰佢。

記憶體唔夠

如果去到嬲嘅狀態，唔會最嬲，只會更嬲，先好講嬲會影響情緒，中醫話會影響個肝，肝鬱係好大鑊嘅事嚟㗎，會係好似骨牌咁倒落去，影響埋其他臟腑。而家用手機都講要幾多記憶體，人都一樣咋，你要嬲，個腦都佔唔少記憶體㗎，老嚟有好多嘢要去玩，仲邊有記憶體裝其他有趣嘅嘢？你又講得好似有啲道理噃，但係，佢真係好黑人憎，咁樣做！放唔低噃！如果佢係你嘅朋友嘅朋友，算一算，其實，都唔係你嘅朋友。如果係朋友，又識咗好耐，又玩咗好耐，咪住先，你有無同佢親口講下，得自己喺度嬲，如果無，問下佢囉，如果當面講完，佢都唔道歉認錯，係唔使用嬲呢個模式，我哋叫，係咁先你可以加多句，當識少個人，如果根本件事唔係好似你咁諗嘅，你咪係傻仔囉！阻住我開心！

用電腦做比喻，所以下下都將自己走入個嬲嘅模式，咪先至係傻仔囉。

5

離

人大了，知道自己老了，好多事情，好似都係見怪不怪，打工，退休，組了個群組，談天說地，唔啱傾嘅，咪少句咀囉，舊同事，各散東西，一年出嚟吹下水，講下老細啲是非，唔知幾開心。

猜謎

轉入正題前，不如嚟個猜謎，離字後面加個字，要係同人嘅關係有關嘅，諗五個呀。離婚，離家，離職，離別，離鄉。其實都唔難，如果你有諗到離組呢個，就係我想講嘅，離組係指通訊群組，如果我又問，五個離組原因，都好簡單，都唔使我講，呢幾年，啲人係群組出出入入，無外乎，唔啱傾囉，不過，我想講嘅原因，絕對超出你想像。就係我舊同事群組，兩個同事，前後五個月離組，準確啲講，佢哋都唔知，佢哋係指嗰兩位舊同事，我諗，咁樣講，會係比較貼近實況，就係佢兩個喺唔知嘅情況下，唔再出聲。心水清嘅，會知道發生乜事，就係兩個舊同事，先後走咗人，兩位舊同事，去嘅時候，還算後生，舊年仲有出嚟飲茶吹水，真係出乎意外，再見時，已經陰陽相隔，仲係唔夠五個月，一個跟一個，唉，人生無常，講一句佛家說話，安慰自己心靈。

無常

　　生老病死，查實，都經歷過，係親眼見過，老豆，外家兩個老人家，走時，都有六十尾到七十幾，都病咗一輪，算係睇住佢哋走，有晒心理準備，生、老、病、死，一個程序跟一個。原來，唔一定係咁樣㗎，所以我聽佛家講無常，今次就係無常，我兩位舊同事，都未走到老嘅門口，就到終點啦，一個係，生、病、死，一個係老、死，中間有啲程序無經過，如果要搵個原因解釋係咁，無常。第二個走嘅舊同事，送第一個一程嗰晚，鞠躬完，一齊食飯，第二個言行舉止，超正常，佢鍾意飲酒，嗰晚都有飲，飯後，大家影咗張大合照，仲擺咗上群組度，群組發出第二個走咗嘅消息，真係唔知點反應，大家都傻晒。用人生無常，作為心靈止痛藥，都可以頂住一陣。生老病死，其實唔係一個跟一個嘅程序，佢哋點出現，估唔到㗎！

　　兩個舊同事走咗，群組依然喺度，兩個人嘅名字，依然喺群組裏邊，佢哋仲未走？

6

拜山

人老了，其實想講人好老嘅時候，好似我阿媽嗰種，叫中老啩，八十幾到九十，我呢種，叫初老，老老，就係百歲，祝人長命百歲嗰種。仲也要咁分？因為後生時候，對老嘅認識，就係得一個，老，就係老。原來自己走入老嘅年歲，先得嚟親身知道，老，還有好多款。

中老

首先唔好搞錯中佬，係中老，有男有女，中佬只係男嘅先叫佬。八十幾到九十嘅中老，健康差別可以好大，行得走得係一種，仲可以照顧自己同家人，甲級中老，另一種，行得走得，不過要人照顧，屬於乙級中老，丙級中老，就係唔走得唔行得，要人全天候照顧，如果住老人院，要係護理嗰款。咁甲級中老，好犀利喎，係呀，老媽子每日買餸煮飯，仲要諗下買啲也，金睛火眼盯住，睇下個菜販有無呃秤，查實，我係唔明白，老媽子得嚟甲級，係佢不停勞動先得番嚟，定係佢本身夠硬淨？

幫人拜山

下，幫人拜山，咁都得！係呀，老媽子係幫人拜山，不過幫忙嗰個人，已經走咗，仲幫咗廿多年，乜越講越離譜！要幫手嗰位，我叫佢姑婆，無血緣關係㗎，姑婆梳起唔嫁，做住家工做到退休，孖埋另一個姑婆，退休住埋一齊，姑婆放低幾十萬畀我老豆，話他日佢升天之後，幫佢處理後事，每逢春秋二祭，幫佢上炷香，老豆升咗天，咪老媽子頂上，每逢春秋二祭，接埋另一個姑婆，去拜另一個姑婆，可能係呢個責任，使得老媽子身體健康。

拜山會

姑婆呢個智慧，真係掂，佢無兒無女，中國人最棹忌係無人日後同佢裝香，咁呢招搵人殿後，真係心安。對於無兒無女嘅老人家，又想日後有人幫手裝香呢個服務，真係一絕。

我唔知老媽駛唔駛我接手姑婆單嘢，如果要，不如發展為拜山會，就係會員為早走嘅會員提供拜山服務，起碼日後有人同自己裝香，幾好呀。

7

孤獨

　　人大了，老了，都會畀人一個感覺，開始同孤獨扯上了，點解會咁，可能，同佢一齊同個世界打轉嘅人，會一個一個咁走先，咁，孤獨兩個字，可能加多兩個字，先夠傳神，孤獨之路。

超人

　　香港地，有邊個唔識超人李，做得超人，梗係有啲嘢佢得你唔得。做咗初老，見到有啲老人家，鬧啲後生，應該咁呀，都唔識做嘅，你老就知衰。其實，咁樣鬧人，等如講，邊個唔想做超人呀。唔明？舉個例，常常講嘅一個比喻，做咗人阿媽先會知道做阿媽幾辛苦，明呢句！明乜？明做阿媽好辛苦，咁點解要講咁長，唔直接講做阿媽好辛苦？唔明？又唔明乜？真係唔明你想講乜！呢句說話講嘅時間長度有二三十年，講阿女做咗人阿媽，最少都廿年嘅時間，明！又明乜？阿女終於喺廿年後明白做人阿媽好辛苦囉。字面都係咁解嘅！不過，個比喻係話，有啲嘢雖然而家同你講咗，係要你遲啲先明白嘅。將件事引申出去，後生嘅時候，同你講健康嘅事，唔會做。如果會做嘅人，萬中無一，咪係超人囉。

學老

　　所以，到咗初老，前面仲有中老同老老，咪要學習諗去老，但係，重要嘅，係首先你要同意你已經老咗，要承認你係到咗老嘅階段，咁，唔接受老又點呀，咁咪老嚟嘅時候，可能會徬徨失措！咁誇張！學習老，係首先要同意老係一個階段，個過程會點，就算你有子子孫孫都好，始終老嘅係你，後生係後生，要後生喺你周圍日日轉，都唔現實，老嘅同老嘅玩埋一堆，特別夾，好似細路哥玩埋一舊咁開心，身邊嘅老友記，總會前後腳走先，如果好彩，其實唔知係咪唔好彩，你走最後，咁，你咪單丁一個人囉。學習老，係全面嘅事，係動到靜，係外到內，嘅安排，準備，同調整。所以，學習老，學習單丁一個，可以叫做孤獨，孤獨係一個階段狀態，係物理嘅狀態，所以，你要開拓自己嘅世界，好似人哋話齋，活喺自己嘅世界，孤獨，看似係個負面，對唔住，想唔想，都要進入。

　　孤獨加老人，孤獨老人，好夾口，孤，是一種形態，無得揀，你可以選擇，是寂，是心態，當然，你可以揀孤寂，孤寂老人。

8

飲杯奶茶

人大了，人生活咗幾十年，總有啲習慣，一直都唔會放低，但係，如果係同健康有關嘅，或者，會停一停，諗一諗。改變咗，係好定乜，都好難講。

嗜好

十歲人仔，幫媽子落街買奶茶，媽子喺屋企繡花幫補家用，我哋啲閒人就係佢嘅工兵，媽子飲奶茶，唔係嘆世界，係提神。所以，細細個聞到嗰陣味，都好想知係乜味道，媽子話細路仔唔飲得，傷身。第一啖奶茶係幾時，同乜嘢味，點記得，但係之後，就無停過飲奶茶。出嚟做嘢，早餐一杯，下午茶一杯，後尾，嫌有啲茶餐廳啲茶唔得，試下自己煲。試咗好長日子，唔得，誇張到買隻絲襪嚟沖，出面講絲襪奶茶嘛！又落雞蛋殼，又試拉茶，全部肥佬，奶茶無香味，人生低潮。試咗上百次唔得之後，第一百零一次就知道，係乜嘢事作怪，道理其實好簡單，正所謂，水滾茶靚，重點就係，個滾字，就係落齊材料，要滾番佢先得，從此，百試百靈。

茶王

奶茶好飲，點為之好，茶香飲落滑，如果再跟問落去，好飲，都係好主觀。出街飲，開始分得出，好飲同唔好飲，有次下午茶，試咗杯超正嘅奶茶，過幾日，心思思又去試，點知，唔妥，茶澀口，思前想後，知道為乜出事，自問自己封自己茶王，無理由唔出聲呀，同個企堂講，唔該換過杯茶，點知，佢話，先生，換過杯都係咁噃，呢個時候，就係考你功夫啦，我淡淡然，話，杯茶浸唔夠時間，有啲澀，然後，一杯靚茶送到面前，有啲似去踢館嘅感覺。一直自己沖茶都係用花奶加白糖，後尾見到自己嗰啲脂肪瘤無退過，以為係花奶同白糖原因，就改用鮮奶加蜜糖，茶香味更加出，嗰種甜味好清。自沖奶茶半世紀，兩個方案無得輸，茶葉連凍水落，煲滾後七分鐘可用，奶先用熱水升溫，奶先落杯，茶沖落啲奶度，茶香撲鼻，一流。

飲杯奶茶，唔係一個動作，咁簡單一杯奶茶，而係你每日能夠掌握嘅一件事，飲一杯好飲嘅茶，重點係掌握兩個字，好似，生命中，有啲嘢係掌握之中。

9

心安理得

　　人大了，是年歲大了，總會想到人走到盡頭嘅事，好多時，你唔想諗呢啲嘢，但係，時不時，就收到紅白二事嘅邀請，即係阿乜個女結婚，或者乜乜老人家走咗之類，時間再推遲啲，去白事多過紅事，最激嘅，係你識嘅老友。無可能唔諗，諗幾時到自己。

身後事

　　好多人唔多講，尤其係中國人，忌諱嘛！咁唔講咪唔講囉，但係話唔講，心理好驚講死，咁即係想揞。我哋大家都知，人出世，就係步向死亡，一生中，好多嘢，你自己可以決定，係咪繼續讀書，做邊行，同邊個拍拖，咪住先，其實呢啲嘢，都唔係自己可以揀，睇下你生喺邊度，你生係戰亂時，故事都唔同啦。先唔好拗呢樣先，就當係你自己可以揀，噂，呢樣無得拗，你唔得揀身後事點搞！

寄託

　　講埋啲生死嘅嘢，同健康有乜關係？當然緊要啦，講生死，如果有了一套對生死嘅睇法，一般都係宗教嘅論述，咁你個心咪有寄託囉，中國人講心安理得，當然包含埋對子孫後代嘅期待，見到佢哋都生生性性，咪係一種安慰囉，呢啲咪使得個人，感覺好好，都算係精神健康，呢種唔止健康咁簡單，係一種長期心理穩定嘅東西，俗語話，死都死得眼閉，咪係咁樣講囉。

名同錢點安排啫

其實，人嘅大限到時，都無時間去擔心或者點安排嗰啲錢財，你喺人間嘅分數，都已經無時間去改寫，係正定係負，都由得人點講啦。至於身後事點安排，其實講低同唔講低，都無大分別，錢，如果講低，咪按你意思去做，無講低，咪律師去做嘢囉。你信邊個教，咪做邊個教嘅禮節囉，或者後生認為邊個儀式會覺得合適囉。

10

三汗之迷

人大了，自己都話自己老了，對於出汗，都知道係好嘢，細細個感冒，媽子話，焗一焗，出身汗，過一陣，好番啦。

出汗

有好幾年，有三樣活動，我經常做，跑步，網球，太極拳，經常做嘅意思，係每個禮拜，每一樣都做最少一次。咁，有乜故事？三種運動都係有益嘅，都唔使你講啦！係，佢哋都被視為健康嘅活動，我玩呢三樣嘢，對我嚟講，都有一個共同點，就係出汗，三種運動都出汗，呢個就係我想講嘅題目。打太極拳會出汗，你可能會覺得奇怪，咁慢嘅動作，都會出汗？會呀，大熱天時，打拳會打到流大汗，天氣凍時，成身打到和暖，有時會微微出汗，太極道理，我唔識講，我猜想，打拳時，意運行於內，活躍咗身體內部，咪出汗囉。我對三項運動出汗嘅迷思，我用迷思來講，係我唔明白，係我唔知我講嘅嘢，係咪真係咁。姑且一說，當為笑話嚟聽，笑一笑。

迷思

　　跑步，當跑嘅長度到 20 公里，或跑咗兩小時左右，出汗嘅味道，變得唔同，有小便嘅氣味，呢個感覺，當我跑超過 20 公里，佢就出嚟，唔係巧合，每次都係，我網上查一查，話可能係人體積聚嘅重金屬，排出體外嘅汗。打網球，出嘅汗，同行山一樣，我叫做一般嘅汗，無特別。打拳嘅汗，唔同打網球出嘅汗，又唔同跑步出嘅汗，我估呢種汗嘅出處，出自五臟六腑。出汗有三種汗，講得出嚟都好嚇人。有次，睇過一個健康節目，講出汗，重點話汗係出自血液，出汗多，血會「杰」，出汗越多，血越「杰」，如果血管有堵塞物，血流唔過，就人劑。所以，跑步，做運動，要補水，瞓覺都會流失水份，呼吸會，皮膚會，加出汗，都要補水，補水唔淨係喺朝頭早，係喺瞓覺之前。呢種講法，又係一個迷思，讓大家去探討探討！

　　我呢個出汗嘅故事，我唔理真定假，總之，創造咗個理由，出街做運動，多咗個動機，多謝自己。

幻
篇

11

論輸贏

人大了，感到已經係老啦，都唔會爭輸贏啦，呢啲嘢，後生先得嚟做嘅，殊不知，老人家聚會，少不免，都會嚟論一論，輸贏。

比較

讀完書，出嚟做嘢，廿歲人仔，同學都喺同一條線起步，唔多唔少，無形中，都會比較，邊個搵份工好啲，又邊個搵錢多啲，嗰陣時，眼中咪係追住升職呀，搵錢呀，買樓呀，結婚呀，生仔呀，好似，成功就係呢幾味。按呢幾項去秤，唔用失敗咁重嘅言詞，我離成功都好遠，不過，我對成功嘅定義，唔係咁去秤，錢係要去搵，重要嘅，錢同時要去使，流行咗幾年咁講嘛，使咗嘅錢先係你嘅。物質生活嘅追求，後生時候，多少都係咁樣跟，我就同時追求一個平衡，果陣咁同自己講，生命係物質與精神，兩方面都要兼顧。同學再見番多啲，就係啲細路都稍為大個啦，都唔願跟啲老嘅，細嘅唔想你去理佢，本應要理佢哋嘅時間就多咗出嚟，咪出嚟聚聚囉，呢個時候，做乜嘢其實都差唔多幾定形，呢個係老細級，嗰個又係幾百人跟佢搵食，一秤，你話人生就係物質同精神嘛！咁你咪搵精神嗰範數，嚟撐囉。

仲要比

又喺呢班人再聚，再聚，大家都係準備踏入初老，我就先行一步，做閒人，即係抄咗老細魷魚，佢哋咪被啲長江後浪推前浪，咁樣推緊囉，到呢個時候，佢哋會問，咁早退休，有乜好做？唔悶咩？退休要留好多錢㗎！其實，呢一堆問題或者疑慮，一句講晒，工作之外有乜好做，又其實，我不嬲都做緊，工作之外嘅嘢，人生嘅內容，係工作加娛樂，如果用水壺去比做需要用錢，當個水壺未夠水，咁咪去做有金錢嘅工作囉，又當個水壺已經夠水，你咪可以去做無錢嘅工作囉，如果你覺得，水壺唔夠㗎，要水池或者水塘，咁你咪繼續搵錢囉。我咁講，做咗閒人，要學做閒人。大家走到初老嘅門口，我就轉咗跑道，都無得比啦。又時間推到初老，又嚟聚，終於精神戰勝物質，食乜好，係講食乜藥好，玩乜好，係講玩乜無咁嘥力，講乜好，講下有乜身體健康啲，聽乜好，聽下有乜唔傷身嘅嘢。

其實，世間上邊有要同人比嘅嘢吖，只不過，係大家選擇唔同嘅路啫，我揀水壺，你揀水塘，每日都係得飲兩壺茶。

12

落葉歸根

人大了，老了，都會諗下有啲乜嘢想做，諗一諗，其實，好多嘢都係自己揸主意，決定點去做。

自主

無錯，係呢個自由，文明嘅香港，好多嘢，自己有權去話事，有健康問題，可以自己話點去做，或者，唔理都得。有財富問題，咦，點解財富係個問題，電視都有得播啦，講爭奪財產啲戲，都唔知幾常見，所以咪有寫平安紙呀，立遺囑囉。咁日後去邊，又點呀？你講係叮噹咗之後，去邊呀，如果呢個都係問題，咪係歸入去信仰嗰邊囉，上天堂，都係十個人十個人都會揀嘅，不過，上天堂都有好多個門路喎，有啲全部交晒畀佢就得，有啲，要你日日做功課先得㗎。咦，人生在世，好似要講低都講咗囉，有財啦，有目的地啦，仲有一樣嘅，個名囉，你想啲人點睇你吖，車，平凡人一個，多個唔多少個唔少，如果，你想留名，走之前，做單轟轟烈烈嘅事，就有名啦，或者，洗靚個名先走都得。

歸根

　　講咗咁耐，真係仲有一樣未講㗎，你想身後事點搞，你可以玩捉字蝨嘅，都話身後，即係唔關你事囉，邏輯上都講得通嘅，不過，想一想，你原本揀咗搭飛機上天堂，你唔講低，後人幫你安排坐船，上唔到你想嗰個天堂，你有無事先，咁就唔得囉，咁咪係囉，又唔講低。我睇過套戲，叫《落葉歸根》，係笑片嚟嘅，講有個鄉村人，客死異鄉，佢個鄉里幫佢，但係無錢，傻傻地㨿佢返鄉下，我咪諗起呢單嘢，我就要搭船，先講低，唔好幫我安排搭飛機。身後事，一般都唔講，避忌嘛！唔好諗，連諗都唔好諗，仲要講埋出嚟，傻嘅咩，大吉利是！查實，呢件事，你可以做主，係人生為自己做最後一件事，以前啲人走人，到係喺屋企度，乜乜法事都喺屋企度，不過，講真啲，係喺條街度，你去台灣都見到㗎，不過，香港地，改咗要喺醫院度走人之嘛。

　　人人都咁講，有得揀，先係老闆，人生下半場，走到最尾，點解唔自己做主，揀定點安排先走人。

後記

　　大瘟疫期間寫了一大堆零零碎碎的，雖然光陰只是兩三年前的，還能感受到，那個時候心裏那份激情，那個時間的情緒，都記錄了下來，記錄下來的，有些說話，實在是太狂妄，說寫了自己的人生，不只是狂妄，還很貪心，小文七八百字，寫前後幾十年的事，還不立日子，寫「老」，希望任何時候看，都是合時，除非「老」不存在，這種心思，確實是狂妄，不過，明眼人一看，都知道是開玩笑，是頑皮的言語罷了。

　　陳志強先生，一個社會工作者，明顯就看出，拙作由書頭到尾囉囉嗦嗦，說甚麼人大了人老了，其實「認老」兩個字，就是核心，不得不同意，就是這樣，恕我把「認老」當為是誇獎我有這個本事，我認為我這個本事，就在個「認」字，認，說明了知道人生走到了一個新階段，要有一個新思維，新部署走下去，我認我有這個本事，我感到幸福。

　　聽說當年人平山發生鼠疫，長洲北帝為中心，舉行清醮儀式，以禳災解危，超渡亡魂，長洲飄色，成為今天無人不知曉的旅遊特色，世紀大瘟疫應該是退潮的時候，一退一進，記念香港曾經有過世紀瘟疫，會是如何？

人還是要活下去，生活總是可以撐得過去，當香港回到沒有瘟疫的日月時，回首瘟疫橫行這幾年，自問曾經怎樣，曾經如何，沒有甚麼，老著活了幾年。

　　最後，特別感謝編輯Angie小姐，除了在文字上把關外，小文成書過程，給出了相當寶貴意見，理順出小書合適的安排，沒有出版社團隊的協作，出書過程沒能如此順行，謝謝。

笑談餘 一個初老花

Life 064

作者：	懷仕
編輯：	Angie Au
設計：	4res
插圖：	鄧妙嬈
出版：	紅出版（青森文化）
	地址：香港灣仔道133號卓凌中心11樓
	出版計劃查詢電話：(852) 2540 7517
	電郵：editor@red-publish.com
	網址：http://www.red-publish.com
香港總經銷：	聯合新零售（香港）有限公司
台灣總經銷：	貿騰發賣股份有限公司
	地址：新北市中和區立德街136號6樓
	電話：(866) 2-8227-5988
	網址：http://www.namode.com
出版日期：	2022年11月
圖書分類：	流行讀物
ISBN：	978-988-8822-21-8
定價：	港幣68元正/ 新台幣270圓正